टूटा मठ

वाणी प्रकाशन
नयी दिल्ली-110002

फोन : 23273167, 23275710 • फैक्स : 23275710
e-mail : vani_prakashan@yahoo.com
vani_prakashan@mantraonline.com

टूटा मठ

सलाम आज़ाद

अनुवाद
सुशील गुप्ता

वाणी प्रकाशन का 'लोगो'
विख्यात चित्रकार एम.एफ. हुसैन का
बनाया हुआ है

ISBN : 978-81-8143-134-9

वाणी प्रकाशन
21-ए, दरियागंज, नई दिल्ली-110002
द्वारा प्रकाशित

प्रथम संस्करण : 2004

मूल्य : 150.00

शुभम् ऑफसेट, दिल्ली-110032
द्वारा मुद्रित

TUTA MATH (Novel)
by Salam Azad

मेजर राज मोहन
जिन्होंने बांग्लादेश मुक्ति-युद्ध में
अपना खून बहाया और अपनी देह का हिस्सा खो दिया

एक

काफी कुछ बदल चुका है इस अंचल में!

अनुराग ने इतने बदलाव की उम्मीद नहीं की थी।

अनुराग भट्टाचार्य!

उसके बचपन में माइजपाड़ा बाजार एक उपनगर जैसा ही था। उसी बाजार के करीब ही नौकाएँ आकर ठहरती थीं। श्रीनगर, गोयालिमान्द्रा वगैरह अन्य तटों से माल लादकर लाती थीं। कोई-कोई नौका तो और भी दूर, दीघली बाजार से आती थीं। प्रायः पूरे वर्ष तक यही सिलसिला चलता रहता था। माल वगैरह लाने-ले जाने के लिए, इस जल-पथ के अलावा और कोई पथ, कोई जरिया नहीं था। हाँ, दूसरे तटों से घोड़ों की पीठ पर सामान पत्तर लाने का एक इंतजाम जरूर था। जल-पथ से मुसाफिरों के भी आने-जाने की व्यवस्था बहाल थी। लोग-बाग कभी खुली नावों पर आते थे, कभी फूल की छादनवाली नौकाओं पर! माइजपाड़ा से नौका में सवार होकर, आँकी-बाँकी राह से डाँड़ खेते हुए, प्राणी मंडल, सलामती, कयकीर्तन, श्यामसिद्धि से गुजरते हुए, श्रीनगर की तरफ बढ़ते जाते। वहाँ से गयना नाव और बाद में लॉन्च में सवार होकर-ढाका, मुंशीगंज! वैसे मुंशीगंज पहुँचने का एक और रास्ता था। श्रीनगर की तालतला सड़क पकड़कर मुंशीगंज जाया जा सकता था। बारिश के दिनों में माइजपाड़ा से भी गयना नावें भी ढाका जाती थीं। बरसात का पानी सूख जाने पर भी, नहर का पानी नहीं सूखता था। हाँ, थोड़ा कम जरूर हो जाता था। यह नहर ही आने-जाने का एकमात्र माध्यम थी। माइजपाड़ा से पैदल-पैदल जाने की एक कच्ची पगडंडी भी थी, मगर यह पैदल-पगडंडी, लोग-बाग कम ही इस्तेमाल करते थे। भानु चक्रवर्ती के घर की बगल से जो अंधियारा रास्ता जाता था, उस तरफ से जाते हुए अनुराग का तन-बदन खौफ से थरथराता था। वह अपने भरसक उस तरफ कभी कदम भी नहीं रखता था। लेकिन, कयकीर्तन के काली खोला में मेला लगता था; प्राणी मंडल में चैत संक्रांति को मेला बैठता था, वहाँ तक जाने के लिए

और कोई दूसरी राह भी नहीं थी। नस्सू काका का हाथ थामे-थामे, चैत संक्रांति के मेलों में जाते हुए, भानु चक्रवर्ती के घर के करीब, उसी रास्ते में, वे लोग रुक गए थे। बस, उसके आगे नहीं जा सके। उस बार, अनुराग मेले तक नहीं पहुँच पाया। वहीं, उस राह पर, विषैले साँपों की जोड़ी, आपस में लिपटे हुए हिल-डुल रहे थे। नस्सू काका वहीं, उसी देश में रुक गए, आगे नहीं बढ़े।

नस्सू काका ने कहा था कि साँप साथ हो लिए हैं। वह दृश्य अभी भी उसकी आँखों में तैरता रहता। उस बार जो मेले की तरफ जाने में बाधा आई, उसके बाद कयकीर्तन या प्राणी मंडल के मेले में अनुराग का जाना फिर कभी नहीं हुआ। अगले साल जब मेला शुरू हुआ, माइजपाड़ा की हरवा घास, वहाँ की माटी, अनुराग के नरम-कोमल पाँवों का स्पर्श पाने के लिए सिर्फ आँसू बहाती रही, लेकिन तब तक वह माइजपाड़ा छोड़कर, काफी दूर जा चुका था।

भाग्यकुल घाट से स्टीमर में सवार होकर गोम्रालक! वहाँ से ट्रेन में बैठकर सियालदह! अनिश्चित भविष्य की तरफ यात्रा! सियालदह से सन्तोषपुर नामक एक गाँव में। ठीक-ठीक सन्तोषपुर भी नहीं, और नहर के उस पार होने की वजह से, यह गाँव जादवपुर में भी नहीं था। ऐसे एक गाँव में उन लोगों का ठौर-ठिकाना मिला। माँ-बापू, वह और उसकी दो बहनें। अनुराग वहीं पलते-बढ़ते जवान हुआ। अपने कर्म जीवन में उसे भारतवर्ष में अनगिनत जगहों में घूमना-फिरना पड़ा है, वहाँ रहना पड़ा। रिटायर होने के बाद, उसने दिल्ली को अपना स्थायी ठिकाना बना लिया। चितरंजन पार्क का यह घर भी उसकी तकदीर में नहीं होता, अगर उसी मुहल्ले की, सोनाली भट्टाचार्य से उसका विवाह न हुआ होता।

काफी अर्से से एक चाह, उसके मन में चहल कदमी करती रही है। रिटायर होने के बाद, वह चाह और मजबूती से जड़े जमा चुकी है। उसी चाह की पूर्ति के लिए वह दिल्ली से हवाई जहाज में सवार होकर ढाका की तरफ रवाना हो गया। ढाका उतरते ही वह सीधे माइजपाड़ा नहीं गया। इस शहर में उसकी जान-पहचान का कोई नहीं है। वह दिल्ली से ही तय करके चला था कि ढाका में वह किसी होटल में ठहर जाएगा। दूसरी तरह से उससे संपर्क भी किया था। एअरपोर्ट से होटल आते हुए, अनुराग भट्टाचार्य ने रास्ते में टैक्सी रुकवाकर, एक अखबार खरीदा। यही उसका नशा था। रिटायर होने के बाद, उसका अखबार पढ़ने का नशा और बढ़ गया था। वैसे ढाका में अखबार खरीदते हुए, उसे जरा खटका जरूर लगा। कलकत्ता या दिल्ली में अखबारों के दाम डेढ़-दो रुपए होते हैं। अनुराग को उसी की आदत पड़ी हुई थी। लेकिन, ढाका में एक दैनिक अखबार की कीमत सात से आठ रुपए देखकर, अनुराग को खट्का लगा था। लेकिन अखबार पर ही जब छपे अक्षरों में सात-आठ रुपए अंकित हैं, तो उसे मान लेना पड़ा कि बिचारे हॉकर ने उसे ठगा

नहीं है। वह तो और भी कई अखबार खरीदना चाहता था, लेकिन उनकी कीमत देखकर, उसने अपनी चाह को दबा लिया और कुल एक ही अखबार खरीदकर वह लौट आया। हेड लाइन पर निगाह पड़ते ही, उसने अखबार तहकर, अपने बैग में रख लिया। इस वक्त वह कुछ भी पढ़ना नहीं चाहता था। इस वक्त वह सिर्फ देखना चाहता था—अपने बांग्लादेश को, ढाका शहर को, माइजपाड़ा को जिन्हें वह छोड़कर चला गया था। देखते ही देखते, उसकी टैक्सी शाहबाग में स्थित, शेरटन होटल के गेट पर आ रुकी। चाय-नाश्ते के बाद, उसने अपने बैग से अखबार निकाला और बिस्तर पर आराम से लेट गया।

आज के दैनिक अखबार की 'लीड' खबर की सुर्खी थी—'बागेरहाट की नाटकीय घटना से मचा हंगामा'! उस खबर पर उसने अपनी निगाहें गड़ा दीं। बड़े गौर से वह खबर पढ़ने लगा। पूरी खबर पढ़ जाने के बाद, वह बेतरह बेचैन हो उठा। अब वह पिछले दिन का अखबार पढ़ने को छटपटा उठा। आज की खबर तो, कल की खबर की 'फौलोअप' थी। अपना रूम बंद करके, वह रिसेप्शन-कक्ष में पहुँचा और जैसे ही उसने पिछले दिन के अखबार की माँग की, उसे होटल की लाइब्रेरी में जाने की सलाह दी गई। लाइब्रेरी जाकर, उसने पिछले दिन का अखबार उठाया और एक टेबल के सामने जा बैठा। अनुराग ने वह खबर शुरू से अंत तक पढ़ डाली। उसका मूड़ बेतरह ऑफ हो गया। इसके बावजूद, वह खबर उसने दुबारा पढ़ी। 'बागेरहाट के सदर उप-जिला के भाटापुर यूनियन के अल्पसंख्यक आबादी वाले, कोमरपुर गाँव में, शनिवार के दिन, काफी रात गए, माँ-बेटी समेत, तीन औरतों का हथियार की नोंक पर सामूहिक बलात्कार और बलात्कार की शिकार एक महिला के पति को निर्मम तरीके से छुरा घोंपकर, उसकी हत्या कर दी गई। हत्यारे, निरंजन भट्टाचार्य के मकान में ऐसी नजीर विहीन पाशविक अत्याचार करने के बाद सोने के गहने और नकद रुपयों समेत काफी सारा माल लूटकर, अपने सुरक्षित ठिकाने की तरफ भाग खड़े हुए। पूर्व-योजना मुताबिक, किराए के इन कातिलों ने घर के मालिक निरंजन को न पाकर, उसके भाई, तपन भट्टाचार्य को ही कत्ल कर डाला। दूसरे भाई, पुलिस अफसर, स्वप्न भट्टाचार्य को पीट-पीटकर जख्मी कर डाला। तपन की मृत्यु निश्चित न होने तक, प्रायः दो घंटे, वहीं टिके रहे और घर के औरत-मर्दों पर मनमाना तांडव किया। मृत तपन के घर के शोकाहत् लोग, खौफ से गूँगे और पत्थर बन गए हैं। ऐसे एक हत्याकांड और इतनी बड़े नाटकीय हादसे के बाद, परिवार के किसी भी शख्स की आँखों में आँसू नजर नहीं आए। हाल-बेहाल घरवाले किसी नई और बड़ी तबाही की आशंका से आतंकित हैं। उग्रवादी पक्के मकान से जुड़ी रसोई के दरवाजे की मिट्टी हटाकर, रसोईघर में दाखिल हो गए। मृत तपन की पत्नी ने लोगों के पैरों की आहट सुनकर, अपने पति, तपन को आवाज दी। तपन

अपने कमरे का दरवाजा खोलकर, रसोई तक आया ही था कि हथियारबंद दहशत गर्द उस पर टूट पड़े और उसे मार-पीटकर जमीन पर गिरा दिया। तपन और स्वप्न की दोनों पत्नियाँ ओर स्वप्न की अड़तालिस साला सास को बगल के कमरे में घीसट ले गए। तपन जब मृत्यु-यंत्रणा से छटपटा रहा था, हत्यारे, छुट्टी में घर आए पुलिस अफसर, स्वप्न की हत्या के लिए भी आमादा हो गए। स्वप्न को पीट-पीटकर बेतरह जख्मी करने के बाद, उन लोगों ने दोनों गृहवधुओं और उनकी माँ के साथ बारी-बारी से बलात्कार किया। बलात्कार की शिकार, तपन की बीवी ने अभी कुल दस दिनों पहले, एक मरी हुई बच्ची को जन्म दिया था। उसका पति मृत्यु-यंत्रणा से छटपटा रहा था, मगर उसमें इतनी भी ताकत नहीं बची थी कि वह पति के मुँह में बूँद भर पानी भी डाल सके। मारे दुःख के तपन की बीबी की छाती फटी जा रही थी। दम तोड़ते हुए पति की आँखों के सामने ही, उसके खूनी उसकी देह नोंच-नोंचकर, अपनी वासना की आग बुझा रहे थे और पति देखता रहा। उसके वश में कुछ भी नहीं था।'

यहाँ तक पढ़ने के बाद, अनुराग ने अखबार से नजरें उठाई। उसकी जुबान पर मानो लकवा मार गया। एक बीमार औरत, जिसने कुल दस दिन पहले मरी हुई बच्ची को जन्म दिया था। उस पर ऐसे बर्बर अत्याचार कथा पढ़कर, उसे रुलाई छूटने लगी। यह सोच-सोचकर उसकी छाती फटी जा रही थी कि दम तोड़ते हुए पति के सामने ही, उसके हत्यारे, उसकी बीवी से बलात्कार करते रहे। उसकी जुबान से आवाज तक नहीं फूटी। वह लाइब्रेरी से निकलकर, धीरे-धीरे अपने कमरे की ओर चल पड़ा। वह अपने कमरे में बिस्तर पर लेट गया और अपने ख्यालों में डूब गया। इंसान इस कदर निर्मम कैसे हो पाता है। यह तो मध्ययुगीन बर्बरता का तांडव है! यह परिवार हिंदू के बजाय अगर मुसलमान होता, तो क्या उन पर ऐसा क्रूर जुल्म बरसाया जाता? समूचे देश में, हिंदुओं को यूँ डरा-धमकाकर आतंकित करने के पीछे, योजनाबद्ध तरीके से उन्हें निश्चिन्ह करने की साजिश की जा रही है या नहीं,, अनुराग के मन में यह सवाल जाग उठा।

अनुराग ने अपने छात्र जीवन में इतिहास पढ़ा है। वैसे आज भी उसको इतिहास में कम दिलचस्पी नहीं है। छात्र जीवन में तो इतिहास उसे परीक्षा पास करने के लिए पढ़ना पड़ता था। लेकिन नौकरी जीवन में और रिटायर होने के बाद, इतिहास में उसकी दिलचस्पी कई गुना ज्यादा बढ़ गई है। अब वह मन की खूराक मिटाने के लिए इतिहास पढ़ता है। बागेरहाट की यह खबर पढ़कर, उसे बचपन में पढ़ा हुआ इतिहास बार-बार याद आता रहा। खासकर, उसे उपमहादेशों के विभाजन का ख्याल आता रहा। सबसे ज्यादा उसे सांप्रदायिकता, दंगे-फसाद, हिंदू-मुसलमानों में आपसी रिश्तों की टूटन का ख्याल आता रहा। ये दोनों जातियाँ एक-दूसरे को अपना

दुश्मन समझने लगी हैं और इसके बीज अंग्रेज हुक्मरानों ने बोए थे और जिसका विस्फोट हुआ था, कलकत्ता और नोवाखाली में! नोवाखाली में जब दंगे शुरू हुए, उन दिनों अनुराग माइजपाड़ा में रहता था। उन दिनों वह बरिसाल के सर जे. सी बोस उच्च विद्यालय में आठवीं क्लास में पढ़ता था। उन दिनों की ढेरों यादें आज भी उसके मन में संचित थीं। उपमहादेशों के सांप्रदायिक दंगों का इतिहास पढ़ते-पढ़ते, अनुराग अपने बापू से भी बातचीत किया करता था और उस जमाने के माइजपाड़ा की हालत से उनका मिलान किया करता था। बाद के जमाने में, उसमें अनगिनत दंगों का हवाला, वह अखबारों में पढ़ता रहा था इस बारे में प्रकाशित रिपोर्ट भी देखत रहा था। उपमहादेश में अनगिनत दंगे होते रहे—हिंदू-मुसलमान, हिंदू-सिख शिया-सुन्नी मुसलमान, बौद्ध, हिंदू—बौद्ध, जैन-इसाई—ये तमाम दंगे धर्म या मजहब के नाम पर होते रहे। वैसे धर्म के अलावा, भाषा के नाम पर भी दंगे-फसाद होते रहे—मराठी-गुजराती, कन्नड़ असमिया, बंगला—हिंदी—उर्दू—उड़िया वगैरह! लेकिन हिंदू—मुसलमानों के बीच जो दंगे हुए, उपमादेशों में वही सबसे ज्यादा चर्चित हुए! बागरहाट में हिंदू परिवार पर तोड़े गए अत्याचार की ख़बर पढ़कर अनुराग को घूम-फिर कर उन दंगों की याद आती रही।

दंगों का जिक्र छिड़ते ही अनुराग के मन में 'दि ग्रेट कलकत्ता किलिंग' और नोवाखाली के दंगों की यादें हरी हो उठती हैं। कलकत्ते में दंगों की शुरुआत तब हुई थी, जब मुस्लिम लीग के कार्यकर्ता प्रत्यक्ष संग्राम के कार्यक्रमों का पालन कर रहे थे। सन् 1946 की 16 अगस्त की सुबह-सुबह, शहर कलकत्ता के मानिकतल्ला इलाके में, मुस्लिम लीग के हथियारबंद कार्यकताओं और समर्थकों द्वारा, हिंदुओं पर एकतरफा टकराहट आरंभ हुई घटनाओं का सूत्रपात हुआ, दिन चढ़ने के साथ-साथ, वह हर तरफ फैल गया। शाम को मैदान में मुस्लिम लीग के नेताओं के उत्तेजक भाषण सुनने के बाद, कार्यक्रमों और पार्टी के लोग और ज्यादा उत्तेजित हो उठे, मैदान की मीटिंग खत्म होने के बाद वापस लौटते हुए, रास्ते में जगह-जगह दंगे छिड़ गए और ये दंगे दुगने उत्साह के साथ, भयंकर हो उठे। यह दंगा पूरे चार दिन तक चलता रहा। उन दंगों के दौरान तत्कालीन मुख्यमंत्री, हुसेन शहीद सोहरावर्दी साहब खुद लाल बाज़ार के पुलिस कंट्रोलरूम में मौजूद थे और उन्होंने पुलिस की गतिविधियों के संचालन का जिम्मा, अपने कंधों पर ले लिया, मगर दंगा कम होने के बजाय, और ज़्यादा भयावह और वीभत्व हो उठा खौफनाक फसाद अपनी हद पार कर गए। चार दिनों के इस दंगे के दौरान, कम से कम दस हज़ार औरत-मर्द-बच्चे-बूढ़े, निर्मम भाव से हिंसा की बलि चढ़ गए और करीब पंद्रह हजार लोग जख्मी हो गए। करोड़ों-करोड़ रुपयों की संपत्ति आग में भस्म हो गई या लूट ली गई। उस दौरान औरतों के शीलहरण के साथ-साथ अपनी-अपनी, सुरक्षा के लिए हिंदुओं और मुसलमानों

को अपना ठौर-ठिकाना छोड़कर, विपुल संख्या में हिंदु बहुल और मुस्लिम बहुल इलाकों में स्थानांतरित होना पड़ा और इस तरह उपमहादेश-विभाजन की बुनियाद रखी गयी।

प्राथमिक भारत-मंच पर हिंदू-मुसलमान एक साथ नहीं रह सकते, इसलिए उपमहादेश का विभाजन अनिवार्य हे, देश का बंटवारा जरूरी है—इस मानसिकता का बीजरोपण कर दिया गया। कलकत्ता के दंगे की और एक खूबी यह थी कि किसी जातिवादी दंगे में, पहली बार आधुनिक अग्नि-अस्त्रों और बमों का इस्तेमाल किया गया। इसमें महायुद्ध के उत्तर-काल के आधुनिक अस्त्र-शस्त्र आसानी से सुलभ थे। कलकत्ते दंगे में पहले दिन हिंदू आक्रांत हुए, यह बात जितनी सच थी, उतनी ही बड़ी हकीकत यह भी कि कि उसके आगामी दिनों में हिंदू-सिख मिलकर, मुसलमानों पर हमलावार हो उठे। कलकत्ते के दंगे में जो मुसलमान तबाह हुए थे, उनमें से बहुतों का घर-मकान नोवाखाली में था। नतीजा यह हुआ कि इसकी प्रतिक्रिया नोवाखाली के हिंदुओं को झेलना पड़ी। दस अक्तूबर का दिन! नोवाखाली के स्थानीय मुसलमान, वहां के हिंदुओं पर टूट पड़े। एक तरफा तरीके से वहाँ के हिंदुओं पर भीषण जुल्म और उत्पीड़न शुरू हुआ। सिर्फ नोवाखाली में ही नहीं, पड़ोसी प्रांत कुमिल्ला और संदीप में भी यह भयावह दंगा फैल गया। नोवाखाली में यह खूनी दंगा पूरे पंद्रह दिनों तक जारी रहा, लेकिन पहले ही हफ्ते, मुस्लिम लीग सरकार ने दंगे के इस घटना को ब्लैक-आउट कर दिया। नोवाखाली के लोगों की जब हत्या हो रही थी; जब वे लोग जख्मी हो रहे थे; औरतों का मान-सम्मान-शील लूटा जा रहा था, यह खबर पहले एक हफ्ते तक देशवासी जान ही नहीं पाए। यह खबर जनता के सामने लाने ही नहीं दिया गया। नोवाखाली के दंगे में लगभग पचास हजार औरत-मर्द तबाह हुए थे। जाहिर है कि वे सभी तबाह-हाल लोग हिंदू थे। उन दिनों सैकड़ों मंदिर तोड़ डाले गए, उन्हें अपवित्र कर दिया गया। असंख्य हिंदुओं को जोर-जबर्दस्ती धर्मांतरित किया गया। अनगिनत हिंदू औरतों की इज्जत लूट ली गई। दंगे में जो औरतें अपने पति को खो बैठी थीं, उनमें से बहुत-सी औरतों और बूढ़ियों का एक खास वर्ग के मुसलमानों से ब्याह दिया गया। यह बताना फिजूल है कि ऐसा जोर-जबर्दस्ती किया गया था। इंसान के इस विपदा में, खासकर औरतों की बेइज्जती से विचलित होकर, महात्मा गाँधी, दिल्ली में क्षमता हस्तांतरण के बारे में आयोजित सभा छोड़कर, नोवाखाली आ पहुँचे। महात्मा गाँधी ने, अपने सहकर्मियों के साथ नोवाखाली और उससे जुड़े पाँच सौ वर्ग माइल इलाके में बिखरे, गाँव-गाँव का दौरा किया। उनके इस शांति-मिशन में जो लोग शामिल थे, उनमें से एक के साथ, कलकत्ते के सिंधी इलाके में, अनुराग का भी परिचय हुआ था। हरेकेष्टो से लेन में उन सज्जन के भाई सर्वरंजन सेन का घर धा। अनुराग उनसे वहीं मिला था। प्रखर, मेधावी विश्वरंजन सेन, अपने अध्यापक पिता से बगावत करके, नोवाखाली में महात्मा गाँधी

के मिशन के साथी बन गए। विश्वरंजन सेन नोवाखाली में ही रह गए। और महात्मा गाँधी की हिदायत मुताबिक नोवाखाली के गाँव-गाँव में शांति-मिशन लेकर घूमते रहे। इसके बावजूद महात्मा गाँधी का काफी सारा काम बच रहा था। महात्मा गाँधी जिन अधूरे कामों की जिम्मेदारी चंद लोगों के कंधों पर डाल गए थे विश्वरंजन सेन उनमें से एक थे। वे विविध कामों के तकाजे पर, बीच-बीच में कलकत्ता भी आते-जाते रहते थे, वहाँ वे अपने भाइयों के यहाँ ठहरते थे। अपना काम पूरा करके, वे नोवाखाली लौट जाते थे, बाद में उन्होंने अपना काम-काज का सिलसिला कुमिल्ला, ढाका और मानिकगंज तक फैला लिया। विश्वरंजन के साथ अनुराग की पहले से जान-पहचान नहीं थी। हाँ, विश्वरंजन के छोटे भाई, सर्वरंजन सेन से उनकी खासी दोस्ती थी। उन्होंने ही अपने बड़े भाई से अनुराग को मिलाया था। विश्वरंजन सेन की जुबानी नोवाखाली के दंगे का बयान सुनकर, अनुराग बेतरह दुःखी हो आया। अब वे बातें वह याद भी नहीं करना चाहता था। लेकिन आज न चाहते हुए भी वे बातें उसे बार-बार याद आ रही थीं।

अनुराग खुद कभी किसी सांप्रदायिक दंगे का शिकार नहीं हुआ खैर, उपमहादेश के बहुतेरे लोगों पर दंगे की आफत नहीं टूटी। जो लोग दंगे के शिकार हुए थे, उन पर जिस तरह की तबाही आई, वह नुकसान कभी पूरा नहीं होनेवाला! लेकिन जो लोग दंगों के शिकार नहीं हुए, वे लोग उनका विवरण पढ़कर या सुनकर जिस हद तक मन से दुखी हुए, वह भी कुछ कम नहीं है, मानसिक क्षति, कोई छोटी-मोटी क्षति नहीं होती। जिन लोगों ने दंगे शुरू किए। या दंगों में हिस्सा लिया, उन्हें आखिर क्या कहा जाए? अनुराग ने अपने से ही सवाल किया। क्या उनलोगों को नर-पशु कहे? नहीं नर-पशु उपयुक्त शब्द नहीं होगा। जंगली जानवरों का भी तो एक धर्म होता है। परन्तु इन लोगों का कोई धर्म ही नहीं था। ये लोग तो मानव जाति के कलंक हैं। भले वे मुसलमान हों या हिंदू; सिख या जैन या इसाई! जो लोग दंगा करते हैं या दंगे में हिस्सा लेते हैं, उनमें इंसानियत नाम की कोई चीज बची नहीं होती। जिन लोगों में बूँद भर भी इंसानियत जिंदा है, वे इस किस्म का नारकीय काम हरगिज नहीं कर सकते।

इन विचार को सोचते-सोचते अनुराग को नींद आ गई। रात को उसने कपड़े भी नहीं बदले। सोने से पहले, वह जो दवा वगैरह लेता था, आज टाल गया।

दो

सुबह होटल से निकलकर, अनुराग ने एक रिक्शा ले लिया और करीब ही टीकाटोली के जयकाली मंदिरकी ओर चल पड़ा। वहाँ से उसे बस पकड़नी थी। सुबह नाश्ता करते समय, किसी ने उसे माइजपाड़ा जाने के बारे में सबकुछ समझा-बुझा दिया था। सोमाली अगर जिंदा होती, तो वह भी इस सफर में उसके साथ जरूर शामिल होती। वे दोनों एक बेटी और एक बेटे के माँ-बाप थे। बेटी राष्ट्रसंघ के मानवाधिकार संस्था में नौकरी करती है। पोस्टिंग जेनेवा में! उसका आइरिश पति भी उसी संस्था में काम करता है। कामकाज के दौरान ही दोनों में जान-पहचान हुई थी। बेटी-दामाद ने जेनेवा के एक एविन्यू, टॉवर में एक फ्लैट खरीदा है। दोनों ने वहीं सेट्‌ल होने का फैसला किया है। पिछले साल, वह महीने भर के लिए वहाँ भी घूम आया था, अपने बेटी-दामाद के पास! जेनेवा शहर, उसने पहली बार, एक डॉक्यूमेंटरी में देखा था। पंडित नेहरू पर निर्मित, उस डॉक्यूमेंटरी में यह दिखाया गया था कि भारत के पहले प्रधानमंत्री, जेनेवा लेक के पानी में 'स्की' कर रहे हैं। वह दृश्य, अनुराग को बहुत अच्छा लगा था। जेनेवा पहुँचकर, वह जब इस शहर के सबसे आकर्षक जगह, जेनेवा लेक के किनारे खड़ा था, उसे वह डॉक्यूमेंटरी की याद हो आई थी। अनुराग ने महसूस किया कि उस लेक में कभी पंडित नेहरू नहाए थे, वाटर-स्की की थी। यह याद करते हुए, उसे बेहद भला-भला लगा था। उस शहर में नेहरू परिवार की और भी कई-कई यादें, उसकी आँखों के आगे तैर गईं। अपनी बीमार पत्नी, कमला नेहरू को लेकर, पंडित नेहरू इसी शहर में हवा-पानी बदलने आए थे। यहाँ वे दोनों काफी दिनों तक रहे थे। उनकी बेटी, जेनेवा के मशहूर शिक्षा-प्रतिष्ठान, इंटरनेशनल स्कूल ऑफ जेनेवा में पढ़ी थीं। अपनी तेरह साला नातिन को लेकर, अनुराग उस स्कूल में भी गया था। वह भी उसी स्कूल में पढ़ती थी। अनुराग यह सोच-सोचकर खुश होता रहा कि इंदिरा गाँधी के स्कूल में ही, उसकी नातिन भी पढ़ रही है। दोनों में फर्क सिर्फ इतना था कि भारतवासियों की सेवा करने का पवित्र

संकल्प लेकर, वे भारत लौट आई थीं। लेकिन उनकी नातिन की भारत-वापसी की कोई संभावना नहीं थी। खैर, ऐसा कोई सपना भी वह नहीं देखता। हद से हद वह कभी-कभार अपने नाना-नानी के पास सैर के इरादे से आया करेगी। यह ख्याल आते ही अनुराग के दिल में तीखी हूक जाग उठी। अनुराग की बेटी से, उसका बेटा उम्र में बड़ा था। वह भी उसके साथ खास रिश्ता नहीं रखता। चूँकि वह फॉरन सर्विस में है, इसलिए जब, जिस देश में उसकी पोस्टिंग होती है, वह अपने बीवी-बच्चों के साथ वहीं चल देता है! लेकिन बेटे का बेटा, अब उनके साथ नहीं रहता। और ज्यादा अच्छी लिखाई-पढ़ाई के लिए, वह हावर्ड चला गया है, अनुराग के बेटे-बहू जकार्ता में हैं। उसका बेटा इंडोनेशिया में भारत के प्रथम राष्ट्रदूत की जिम्मेदारी निभा रहा है। अकेले अनुराग ही दिल्ली में, अपने मकान में पड़ा है। पत्नी के चले जाने के बाद, वह अकेले-अकेले चलते हुए, एक ही हजार के बराबर है। हजार होने को वह लाचार हो गया है। निर्भरता इंसान को कई-कई तरीकों से पंगु कर देती है। और अनुराग पंगु नहीं बनना चाहता। उम्र हो जाने के बाद भी, उसकी भेदहीन देह, नियमित कसरत, सीमित आहार ने उसे स्वस्थ-सेहतमंद बना रखा है आज भी शाम के वक्त वह टेनिस न खेले, तो पूरा का पूरा दिन ही अधूरा रह जाता है।

अनुराग बेटे के यहाँ, जकार्ता भी हो आया है। जकार्ता की सैर के बाद, कहाँ से इंडोनेशिया की प्राचीन राजधानी, योग-जकार्ता, वहाँ से करीब ही बोरोबुहर! बोरोबुहर, बौद्ध मूर्तिकला का अन्यतम निदर्शन! सन् 1927 में कवि रविंद्रनाथ भी इंडोनेशिया सफर पर गए थे और वह देश, वहाँ की तमाम चीजें देखकर मुग्ध हो उठे थे। वहाँ बीचों-बीच, बोरोबुहर बौद्ध मंदिर और स्तूप भी बेहद खूबसूरत है। वहीं बैठे-बैठे उन्होंने 'बोरोबुहर' पर एक लंबी कविता भी लिखी थी।

पूरी तरह पत्थरों से निर्मित इस स्तूप को बनाने में पूरे 60 साल लगे थे! पूरे साठ साल तक नियमित रूप से 60 हजार मजदूर निर्माण में जुटे रहे, तब जाकर बयालिस मीटर ऊँचा मंदिर सन् 832 में बनकर तैयार हुआ। बोरोबुहर दस ट्रैक में बंटा हुआ। इसके अलावा सात स्तर! हर स्तर पर आदमकद से भी ऊँचे-ऊँचे, पत्थर की तीन सौ साठ बौद्ध मूर्तियाँ! वैसे रवींद्र नाथ जो बोरोबुहर देख गए थे, वह हूबहू अक्षत नहीं है। यह जो तीन सौ साठ बौद्ध मूर्तियाँ थीं, अब उनमें से एक भी अक्षत नहीं रही। सांप्रदायिक ताकतों ने उनमें से एक भी मूर्ति अक्षत नहीं रहने दी। इंडोनेशिया में इस्लाम प्रतिनिधित्व होने के बाद, वे सब बौद्ध मूर्तियाँ डाइनामाइट से उड़ा देने का फैसला लिया गया। लेकिन इंडोनेशिया और दुनिया के विवेकी लोगों के आह्वान पर, यूनेस्को इस 'हेरीटेज' की रक्षा के लिए जा पहुँचा। वे टूटी-फूटी बौद्ध मूर्तियाँ देखकर अनुराग के सीने पर मानो हथौड़े पड़े थे! लेकिन गाइड की जुबानी इन मूर्तियों को डाइनामाइट से ऊड़ा देने का जिक्र सुनकर हैरानी नहीं हुई। उसे बखूबी जानकारी

है कि यह इस्लाम धर्म का लंबा सिलसिला है! इस्लाम धर्म के प्रवर्तक मुहम्मद साहब ने जो सब इलाके दखल किए, वहाँ की तमाम शान-शौकत उन्होंने धूल में मिला दी। उनके अनुयायी भी इसी नक्शे-कदम पर चलेंगे। इसमें अचरज की क्या बात है?

लेकिन बोरोबुहर मंदिर में एक मजेदार घटना भी घटी।

अनुराग के गाइड छोकरे ने कहा, 'इस बौद्ध मूर्ति के किसी भी हिस्से पर हाथ रखकर, जो भी कामना की जाए, जो भी माँगा जाए, वह पूरी होती है।'

अनुराग उस लड़के की बात सुनकर हँस पड़ा।

उसे हँसते देखकर, उस लड़के ने अपने को काफी अपमानित महसूस किया।

अनुराग ने उसे स्वाभाविक हकीकत की जानकारी देते हुए कहा; 'भई, बौद्ध धर्म ऐसे टोने-टोटकों का समर्थन नहीं करता। बोहोबुहर इन सबसे काफी ऊपर है।'

जयकाली मंदिर के बस-स्टॉप पर उतरकर, अनुराग ने टिकट खरीदी। टिकट हाथ में आते ही, उसके अंदर एक अजब-जी झुरझुरी फैल गई। यह टिकट उसे माइजपाड़ा तक ले जाएगी। उसे उस टिकट में ही माहमपाड़ा के स्पर्श का अहसास हुआ। अपनी निर्दिष्ट सीट पर बैठने के बाद, अनुराग ने अखबार खोल लिया। बागेरहाट की उस निर्मम घटना की 'फॉलो आप' खबर दुबारा पढ़ डाली। उसके बाद, दूसरी-दूसरी खबरों पर निगाह दौड़ाता रहा। बागेरहाट खबर का फॉलो अप कुछ यूँ छपा था। कोमरपुर गाँव में निरंजन भट्टाचार्य का मकान काफी सम्मानित और प्रतिष्ठित था। गाँव के लोग-बाग, निरंजन का काफी सम्मान करते हैं। उसकी बात मानते हैं। आफत-विपदा में सभी लोग उसकी शरण में दौड़ पड़ते हैं और निरंजन भी यथासंभव उनकी मदद करते थे। यही बात निरंजन के लिए काल बन गई। वहाँ अगर निरंजन सरकार का परिवार न होता, तो वहाँ के हिंदू परिवारों पर प्रबल दखल जमाना; उन लोगों पर अत्याचार; क्रूरता बरसाना; उनकी संपत्ति लूट लेना, औरतों की इज्जत उतारलेना—दहशतगर्दों के लिए मामूली बात है। मूलतः इसी वजह से वहाँ का घृणित, घातक और बलात्कारियों का दल, काफी अर्से से मौके की ताक में था। खासकर अक्टूबर के महीने में, आठवें राष्ट्रीय संसद चुनाव के बाद, उनलोगों को हमला करने का मौका मिल गया। उग्रवादी, धातक, बलात्कारियों का गिरोह, चार-चार दल साझे में सरकार के स्थानीय लोगों पर पाशविक अत्याचार, नियतन, लूट-पाट में उन्मत हो उठे। इस गिरोह का प्रमुख 'टार्गेट' था—निरंजन भट्टाचार्य का मकान और खासकर इस मकान का मालिक—निरंजन ठाकुर! निरंजन अवामी लीग का समर्थक था और वोटदाताओं के उल्लेखनीय संख्या का नियंत्रक था। इसलिए चार-चार दलों के सांझा दहशतगर्द, इस पूरे खानदान को मार गिराने के लिए मौके की तलाश में था निरंजन को पहले से ही इसका अंदाजा हो गया था और उन लोगों से बचने के लिए वह

घर छोड़कर, छः महीने के लिए कहीं और चला गया। उन दिनों इस घर के अन्यान्य सदस्य, स्थानीय गुंडों के सैकड़ों तीखो व्यंग्य-वाणों और हुंकार-धमकियों के आघात से जर्जर होते रहे। निरंजन ने स्थानीय नेताओं के गुट को, पचास हजार रुपए देकर, समझौता किया और इस समझौते के दम पर वह अपने घर लौट आया और थोड़ा-बहुत निश्चिंत होकर रहने लगा। यहाँ तक कि यूनियन परिषद् के निर्वाचन में भी उसने किसी नेता के पक्ष में प्रचार भी किया। लेकिन निरंजन के दिए हुए पचास हजार रुपयों में चूँकि दहशतगर्दों के गुट को हिस्सा नहीं मिला और यूनियन परिषद् के चुनाव में निरंजन की भूमिका वगैरह को लेकर वे लोग उस पर काफी क्षुब्ध थे। उनलोगों ने अपना यह क्षोभ इशारे-इशारे में निरंजन को समझा भी दिया था कि इसका नतीजा अच्छे नहीं होगा। वे लोग यह भी कहते फिरे कि हिंदुओं का खून करने में कोई गुनाह नहीं होता। निरंजन के घर में चार घंटो तक जो नाटकीय तांडव चलता रहा, वह इनसे अलग कुछ नहीं था। हिंदुओं पर अत्याचार, अल्पसंख्यकों को पीसने-कुचलने की मिसाल की तौर पर, नेतास्वरूप उस परिवार पर बर्बर, अमानवीय अत्याचार किया गया।

यह खबर पूरी तरह पढ़े लेने के बाद, अनुराग की निगाह उसी पन्ने पर छपी, मौत की एक और खबर पर अटक गई। उपमहादेश के मशहूर संगीतकार, अब्बासउद्दीन की बीवी इंतकाल कर गई। अब्बासउद्दीन के गाने खासकर उनका लोक गीत अनुराग को बेहद प्रिय था। वैसे अब्बासउद्दीन या उसकी बीवी को उसने कभी नहीं देखा। अब्बासउद्दीन के सिर्फ गाने ही सुने थे। वह खबर पढ़कर अनुराग ने मानो किसी प्रियजन के वियोग जैसी तकलीफ महसूस की। उसके बाद वह अन्य खबरों पर भी निगाह दौड़ाता रहा। इसी बीच बस चल पड़ी। अनुराग ने अखबार तहाकर रख दिया। चूँकि उसे आँखों की तकलीफ थी, इसलिए चलती हुई बस में वह पढ़ने की कोशिश नहीं करता। उसकी बगल की सीट पर जो सज्जन बैठे थे, उनसे भी बातचीत की पहल करना मुश्किल था। अपरिचित परिवेश। अपरिचित इंसान! उसने बात न करना ही बेहतर समझा। अब उसने खिड़की से बाहर की तरफ नजरें गाड़ दीं। बस, ढाका को पीछे छोड़कर, अब धीरे-धीरे माइजपाड़ा की तरफ बढ़ चली। उसके अपने माइजपाड़ा की तरफ!

बस टीकाटूली, बलदा गार्डेन छोड़कर, सय्यदाबाद जामा-बाड़ी होते हुए, बूड़ी गंगा ब्रिज की तरफ बढ़ती गई। अनुराग इस इलाके की किसी भी जगह से परिचित नहीं था। ब्रिज पर चढ़ने से पहले, उसकी निगाह ब्रिज के फलक पर टिक गई। बांग्लादेश-चीन मैत्री सेतु! यह नाम फलक पर देखते ही, भूतपूर्व सरकारी अफसर, अनुराग फौरन समझ गया कि इस पूरे सेतु का निर्माण-खर्च चीन की सरकार ने वहन किया है, बांग्लादेश ने सिर्फ जमीन दी है। इसका व्यतीक्रम भी हो सकता

है। इन सब मामलों में आमतौर पर व्यतीक्रम नहीं होता। ब्रिज का सीना चीरकर, बस बूढ़ी गंगा नदी पार कर रही थी। अनुराग अपलक आँखों से अपनी दाहिनी तरफ देखता रहा। उसका मन हो रहा था, उस तरफ की खिड़की खोल दे। लेकिन वह बस, चूँकि एअरकंडीशनर थी, इसलिए इसकी खिड़कियाँ स्थायी तौर पर बंद थीं। इन्हें खोलने का कोई उपाय नहीं था। उसकी बाँयीं तरफ जो सहयात्री बैठा था, बातचीत की पहल उसीने की।

'आप क्या श्रीनगर जाएँगे?'

'जी-नहीं, माइजपाड़ा! आप?'

'हाँसाड़ा! माइजपाड़ा में किसके घर?'

'जी, ठीक-ठीक किसी के घर नहीं। अपने दादा-परदादों का ठौर-ठीया देखने जा रहा हूँ।'

'तब तो आप जरूर कलकत्ते से आ रहे होंगे!'

'नहीं, दिल्ली से!'

'आपका नाम क्या है?'

'अनुराग भट्टाचार्य! आपका नाम नहीं जान पाया...?

'तापस सेन! माइजपाड़ा में कौन-सा मकान आपका था?'

'भट्टाचार्य-निकेतन! आपका घर क्या हाँसाड़ा में ही है?'

'हाँ, कह सकते हैं, कभी था—'

'अब कहाँ है?'

'पुराने ढाका में, किराए के मकान में रहता हूँ। वैसे जिसे सचमुच घर कहते हैं, ऐसा कोई घर मेरे पास नहीं है। न हाँसड़ा में न ढाका में।'

'आपकी बातें काफी अद्भुत लग रही हैं!

'अद्भुत? अद्भुत कैसे?'

'यही... जो आपने कहा कि घर का जो मतलब होता है, वैसा घर नहीं है।'

मैंने कुछ भी झूठ नहीं कहा, भाई साहब! मेरे दादा का नाम, सिर्फ पिदिमपुर में ही नहीं, पूर्व बंग में लंबे-चौड़े इलाके में, दूर-दूर तक फैला हुआ था। वहाँ के तमाम लोग उन्हें जानते थे।'

'क्या नाम था उनका?'

'शिरीष चंद्रसेन शर्मा? वे शिरीष कविराज के नाम से मशहूर थे।'

'हाँ, मैंने अपने बापू की जुबानी, उनका नाम सुना है, लेकिन उनका घर हाँसाड़ा में था, ऐसा तो याद नहीं पड़ता।'

'जी-नहीं, हाँसाड़ा में ही था। लेकिन मेरे बाप-दादों का घर शोलघर, मध्यपाड़ा में था। वहाँ से वे हाँसाड़ा चले आए और यहीं बस गए।'

तापस सेन की बात खत्म होने के बाद, अनुराग ने अगला कोई सवाल नहीं किया। उसने फिर अपनी निगाह, खिड़की के बाहर टिका दी। वह बाहर के दृश्यों में खो जाना चाहता था। बांग्लादेश देखने की उसके मन में तीखी चाह थी और वह जी-जान से कोशिश कर रहा था कि वह घूम-घूमकर समूचा बांग्लादेश देख डाले। इस वक्त माइजपाड़ा जाते हुए, रास्ते में जो कुछ दिखाई दे रहा था, वह जी भरकर देख लेना चाहता था। राजेंद्रपुर नामक एक जगह से गुजरते हुए, अनुराग, तापस सेन की तरफ दुबारा मुखातिब हुआ।

'यह जगह किसके नाम पर है?' उसने पूछा।

'मुझे ठीक-ठीक तो नहीं पता। हाँ, यह जरूर सुना है कि आजकल यह कोशिश चल रही है कि राजेंद्रपुर नाम बदलकर, इस जगह को कोई मुसलमानी नाम देने की तोड़-जोड़ हो रही है।'

'इस किस्म की कोशिश सचमुच अफसोस की बात है। इतिहास को कब्र में गाड़ने जैसा! लेकिन आजकल हो तो यही रहा है।'

'सांप्रदायिक मानसिकता की वजह से ही हो रहा है।'

तापस सेन को मानो और ज्यादा खुलने का मौका मिल गया। अपने भीतर जाते हुए क्षोभ और तकलीफ, इस सद्यः परिचित सज्जन को बताकर, उसने कुछ ज्यादा हल्के होने की कोशिश की।

तापस सेन फिर शुरू हो गया, 'यह जिस सड़क के किनारे-किनारे, हमारी बस आगे बढ़ी जा रही है, उसने हाँसाड़ा गाँव को शिखंडी बना दिया है। सड़क की बाँयी तरफ एक पोस्ट ऑफिस है, हाँसाड़ा पोस्ट ऑफिस, शिरीष कविराज ने अपनी निजी जमीन पर खुद प्रतिष्ठित किया था। खैर, यह बात मैं आपको पहले ही बता चुका हूँ। कोई-कोई तो उन्हें, डॉक्टर विधान राय का मिनी-संस्करण भी कहते हैं। ढाका के नवाब-कोठी के वे पारिवारिक चिकित्सक थे। पर्दे के रिवाज की वजह से, नवाब-कोठी की औरतें, बाहरी मर्दों के सामने नहीं आती थीं। शिरीष कविराज, जब उस कोठी में महिला रोगी देखने जाते थे, तो वहाँ की औरतों के हाथ में लंबा-सा धागा बाँधकर, दूसरा छोर कविराज जी की हाथों में थमा दिया जाता था। धागे का सिरा पकड़े-पकड़े ही वे महिला रोगियो की नसों के रक्त-प्रवाह की जाँच करते थे।

एक बार तो बड़ा मजेदार किस्सा हुआ!

शिरीष कविराज का इम्तहान लेने के लिए, नवाब के घरवालों ने एक बिल्ली के पैर में धागा बाँध दिया और धागे दूसरा छोर, पर्दे के बाहर, कविराज को थमा दिया।

शिरीष कविराज ने बिना किसी भूमिका के छूटते ही पूछा, 'नवाब साहब बिल्ली कब ब्याह लाए?'

कविराज का यह सवाल सुनकर घर के सभी लोगों का सिर, शर्म से झुक गया। गुमाश्ते को कविराज के सामने हाजिर होना पड़ा और कविराज से माफी माँगनी पड़ी।

शिरीष कविराज के हाथों में ऐसी खूबी थी कि मसान में दाह के लिए ले जाने वाले इंसान को भी उन्होंने अपनी दवा से चंगा कर दिया। उनके बारे में और भी कई किंवदंतियाँ मशहूर है। देवी भइया के आर्शीवाद से उन्हें एक अध्यात्मिक शक्ति प्राप्त हुई थी। किसी-किसी का कहना है कि उन्होंने किसी पीर का आर्शीवाद प्राप्त करके, आध्यात्मिक शक्ति के अधिकारी बन गए थे। देश-विभाजन के बाद, शिष्य कविराज का इंतकाल हो गया। अपने बेटे, कालीपद सेन के लिए वे हाँसाड़ा में सौ बीघे से भी ज्यादा जमीन और ढाका के गेन्डारिया में एक दो-मंजिला मकान छोड़ गए थे। लेकिन अब वह सबका सब बेदखल हो चुका है।

'हाँसाड़ा में अब छंटाक भर जमीन भी हमारी नहीं रही। सन् इकहत्तर के मुक्ति-संग्राम के दौरान, मेरे बड़े भाई, नीलू सेन के हाथ पर, दस हजार रुपए टिकाकर, हाँसाड़ा की सारी जमीन, मकान, पोखर, हमारे पड़ोसी सुलेमान खान ने अपने नाम लिखा लिया। उसने तरस खाकर, दस हजार रुपए थमा दिए, यह उसकी दरियादिली थी। जमीनें अगर उसके नाम न कर देते, तो बड़े भाई की मौत निश्चित थी।'

'गोंडारिया का घर भी, हिंदु-मुसलमान दंगे के वक्त, पाक डेविड कंपनी ने दखल कर लिया। अब उस दखल का सुख भोग रहा है, अल्बर्ट डेविड का शफी चौधुरी!'

अनुराग अपनी तरफ से बिना कोई बात किए , तापस सेन की रामकहानी सुनता रहा। लेकिन अचानक ही तापस सेन ने खुद ही प्रसंग बदलते हुए कहा, 'हाँसाड़ा आ गया, अब मुझे उतरना है।'

उसने हाथ जोड़कर नमस्कार किया और बस से नीचे उतर गया।

चलती हुई बस से जितना-सा देखा जा सकता था। अनुराग, हाँसाड़ा गाँव को भरपूर निगाहों से देखता रहा! टूटे-फूटे पक्के घाट! यादगार की तौर पर मंदिरों के अवशेष, पुराने-धुराने दालान! एक-दो नहीं, कई-कई खंडहर! वह गाँव देखकर, अनुराग समझ गया कि देश-विभाजन से पहले हाँसाड़ा, फलता-फूलता हिंदू जनपद था। अगर तापस सेन से भेंट नहीं हुई होती, तो अनुराग के मन में कोई दिलचस्पी नहीं जागती। राह में पड़नेवाले दूसरे-दूसरे गाँवों की तरह, वह हाँसाड़ा नामक इस गाँव से भी गुजर जाता। वैसे हाँसाड़ा में दाखिल होने से पहले, सड़क के पश्चिम की तरफ उसकी नजरें अटक गई थीं। वह कुम्हारों का टोला था! वहाँ सजे हुए। कतार-दर-कतार मिट्टी के हंड़िया पतीली, बर्तन-भांडे, तरह-तरह के खिलौने, नकली फल वगैरह को देख देखकर, अनुराग को काफी भला लगा। यूनिफार्मधारी झुंड भर

छात्राओं से भरी बस, हार्न बजाती हुई, आगे बढ़ने को रास्ता माँगने लगी। मुसाफिरों से भरी बस, दाहिने-बायें हटने का रास्ता खोजने लगी! रास्ता मिल भी गया। हाँसाड़ा काली किशोर उच्च विद्यालय! प्रतिष्ठिाता का नाम मिटाकर, स्कूल को कोई मुसलमानी नाम नहीं दिया गया, यह देखकर उन्हें खुशी हुई! बस, श्रीनगर स्टॉप पर रुकने से पहले, एक साइन बोर्ड पर गाँव का नाम पढ़कर, अनुराग मन ही मन अजीब उल्लास से भर उठा। भुइचित्र! कैसा खूबसूरत नाम! ढाका-मातवा सड़क की दोनो ओर के पेड़ काट-काटकर, सड़क चौड़ी की जा रही थी! पूरे रास्ते, थोड़ी-थोड़ी देर बाद, बस को काफी मोड़ ले-लेकर आगे बढ़ना पड़ रहा था। रास्ते भर बस के झटकों की तकलीफ, वह नाम देखते ही, मानो हवा हो गई। किसी शानदार स्कूल या खूबसूरत औरत को देखकर, जितनी खुशी होती है, अनुराग बिल्कुल उसी तरह की खुशी से भर उठा।

तीन

श्रीनगर चौराहे पर बस रुकते ही, अनुराग इत्मीनान से नीचे उतरा। यहाँ से आगे कैसे जाना होगा, यह जानकारी उसने, सुबह नाश्ता करते हुए पहले ही ले ली थी। उसके साथ खास सामान भी नहीं था। चमड़े का एक किट्बैग! किट्बैग में एक अदद कैमरा, पानी की एक बोतल, थोड़ा-सा सूखा खाना और इन दिनों उसके हर पल की साथी, हाथीदाँत की एक छड़ी। श्रीनगर में माइजपाड़ा तक के लिए उसने एक रिक्शा ले लिया। माइजपाड़ा तक पहुँचाने के बारे में उसने रिक्शेवाले से पैसे तय किये। थोड़ी दूर आगे बढ़ते ही श्रीनगर बाजार! उस बाजार की उसे कोई पहचान नहीं थी। अपने बचपन में देखे गए श्रीनगर बाजार से, आज के बाजार में कोई मेल नहीं था। पहले तो यहाँ के बाजार के मुख्य-द्वार पर एक थाना हुआ करता था। पीले रंग की दीवार पर सिमेंट और टिन की छावनी! चार स्तरीय फूस की छादनवाला एक बड़ा सा कमरा। उसके अंदर ही कैदखाना। चंगी कर अफसर के बैठने का कमरा! और जरूरी कार्यालय! इस घर के करीब ही खपरैल के छोटे-छोटे घर यानी पुलिस का बैरेक हुआ करता था। अब उन सबका नामो-निशान तक नहीं था। उन दिनों बाजार के अंदर खपरैल की कुछेक कोठरी, दो या चार स्तरीय खपरैल और चंद दुकानें! यही था, श्रीनगर बाजार! उस बाजार के साथ उसे आज के श्रीनगर बाजार में, कोई भी मेल, खोजने से भी नहीं मिला।

उसने कौतूल के लहजे में, रिक्शेवाले से ही पूछा, 'पहले यहाँ एक थाना हुआ करता था, अब कहाँ है?'

'वह तो, जमाने पहले, नहर-पार ले गए। अभी-अभी हम पीछे छोड़ आए' अपनी बात पूरी करते हुए, रिक्शेवाले ने हँसकर, अपनी सवारी की तरफ देखा, 'लगता है, बाबू साहब, बहुत दिनों बाद, देश आए हैं।'

अनुराग ने कोई जवाब नहीं दिया, बस, सिर हिलाकर हुँकारी भरी। उसकी जुबान ने और कोई सवाल भी नहीं किया। उसका जवाब सुनकर, यह रिक्शेवाला

कहीं अगला सवाल न जोड़ दे–'कितने साल बाद आना हुआ, बाबू साहब?'

रिक्शेवाले ने पैडल की रफ्तार और तेज कर दी। रिक्शा तेजी से आगे बढ़ने लगा।

श्रीनगर कुमार-कोठी के करीब आते ही, अनुराग ने पीछे छोड़ आए एक निशानी के साथ आगे मिलाकर देखा। हालाँकि वह मकान काफी कुछ बदल चुका था, मगर फिर भी अनुराग को यह पहचानने में जरा भी मुश्किल नहीं हुई कि वह कुमार-कोठी ही है। कुमार-कोठी को पीछे छोड़कर पश्चिम की तरफ थोड़ी दूर आगे बढ़ते ही, उसे मठ का एक गुंबद नजर आया। श्यामसिद्धि मठ, वह फौरन पहचना गया। आखिर पहचानता कैसे नहीं? उस मठ की छवि उसके दिल की गहराइयों में गुँथी हुई थी। माइजपाड़ा के राय लोगों के श्मशान में स्थित मठ की ऊँचाई ज्यादा है या श्यामसिद्धि मठ की ऊँचाई, इस बारे में, कभी वह काफी बहस-मुबाहसे को आमादा हो गया था। इस बहस का समाधान, खुद नस्सू काका ने कर दिया था–सिर्फ राय लोगों के मठ की तुलना में ही नहीं, समूचे बिजनपुर में सबसे ऊँचा मठ है। फिलहाल, पूरा मठ अभी भी नजर नहीं आ रहा था। मठ का सिर्फ गुंबद देखकर ही, अनुराग को पिछले दिनों की याद हो आई। जिस सड़क से होकर, उसका रिक्शा माइजपाड़ा की तरफ बढ़ा जा रहा था, अनुराग को उसे पहचानने में भी काफी मशक्कत करना पड़ी। उसके बचपन में यह सड़क जैसी थी, उसमें और आज की सड़क में कहीं, कोई समानता नहीं नजर आई। जिस सड़क पर आज तारकोल बिछी हुई थी, पहले यह सड़क काफी नीची और कीचड़-कादभरी हुआ करती थी। जरा आगे बढ़ते ही कहरपार्थ पुल! आज उस पुल का कहीं नामोनिशान तक नहीं था।

अनुराग अपना कौतूहल नहीं दबा पाया।

उसने रिक्शेवाले से फिर सवाल किया, 'इस सड़क पर कोई पुल नहीं है?'

'नहीं, सर, श्रीनगर से भाग्यकुल तक सड़क ही सड़क है। कहीं, कोई पुल नहीं। दोहा तक भी कोई पुल है या नहीं, पता नहीं। हम वहाँ तक कभी गया नहीं हूँ।'

भाग्यकुल का जिक्र सुनकर, अनुराग को लोहा-पुल की याद हो आई! भाग्यकुल का बहाव किस कदर तेज था! बाजार के करीब से बहती हुई वह नहर! बरसात शुरू होते ही, नहर की दोनों तरफ सड़ाए गए पाट की पर्तें छुड़ाने के लिए झुंड-झुंड औरत-मर्द बैठे हुए नजर आते थे और पाट को सूखने के लिए फैला देते थे! कैसी खूबसूरती से ये लोग पाट-काठियाँ खड़ी करते थे। एक गट्ठर के सिरे के साथ दूसरे गट्ठर के सिरे को गोलाकार खड़ी करके, उन सबको सुखाते थे। नहर के किनारे बाँस के बड़े-बड़े झाबे सजाए रखते थे, जिन्हें वे लोग 'दोयादूर' कहते थे। उन सब झाबों में चिंगड़ी, बेले के अलावा तरह-तरह की छलियाँ भरी होती थी। आज वह

नहर ही गायब थी। इस रिक्शेवाले ने बताया कि अब उस नहर को भर दिया गया है और वहाँ कुछ लोगों ने अपने-अपने घर बना लिए हैं या खेती-बारी करते हैं। चलो, अगर वक्त बचा, तो एक बार उस तरफ भी चक्कर लगा लेंगे।

रास्ते के दोनों तरफ कुछेक दुकाने! एक दुकान का साइनबोर्ड पढ़क़र, अनुराग को पता चला, इस गाँव का नाम, कयकीर्तन है! इस गाँव में कभी ऋषि संप्रदाय रहता था। इनके अलावा, दो-चार घर हिंदू-मुसलमानों के भी थे। यह गाँव किसी और वजह से उसके दिमाग में छाया हुआ था। कयकीर्तन के काली खोला में, काली-पूजा के मौके पर जो मेला लगता था, वह आज भी लगता है या नहीं? उसने रिक्शेवाले से ही यह जानना चाहा।

'लगता है, सर! वह रहा, काली खोला!' उसने दाहिने हाथ से पश्चिम की तरफ इशारा करते हुए जवाब दिया।

अनुराग ने सुदूर पर नजर डाली। वहाँ चौमंजिली फूस की छादनवाली खपरैल, खंभों के सहारे खड़ी थी। उसके बचपन में भी यह इसी तरह की थी। हाँ, वही तो है काली मंदिर! इतनी दूर से वह घर तो नजर आया, मगर ढलती उम्र की वजह से, उसमें प्रतिष्ठित काली की मूर्ति नजर नहीं आई। उस घर में भी कोई परिवर्तन नहीं आया है, यह देखकर वह खुश हुआ। लेकिन इतनी दूर से उस घर को देखकर उसे यह जरूर लगा कि पिछले दिनों के मुकाबले उसे काफी ऊँचा कर दिया गया है, लेकिन उसके आकार-प्रकार में कोई परिवर्तन नहीं आया।

कयकीर्तन पार करते ही—दामला! इस गाँव में उनलोगों का आना-जाना काफी कम था। क्यों कम था, इसकी वजह उसे ठीक तरह समझ में नहीं आई। लेकिन वह बखूबी जानता है कि इस गाँव में उसका कोई नाते-रिश्तेदार नहीं था। यहाँ हिंदुओं के मुकाबले मुसलमान आबादी अधिक थी! कई एक प्रतिष्ठित घराने के मुसलमान भी वहाँ रहते थे। अब उनकी आबादी और बढ़ गई होगी। उस गाँव में दाखिल होते ही रिक्शेवाले ने बताया कि वह उसका अपना गाँव है। कुछ दूर आगे बढ़ने के बाद, उसने हाथ के इशारे से अपना घर भी दिखाया।

अनुराग ने सजग मुद्रा में पूछा, 'तुम्हारे गाँव में हिंदुओं के कितने घर हैं?'

'एक भी घर नाहीं है। दायला गाँव हिंदुओं से खाली है! हमारे गाँव में कउनो तरह की अशांति-कलह नहीं है। न कोई लड़ाई झगड़ा है। सबके सब मुलसमान हैं।' रिक्शेवाले ने बताया।, 'ईहाँ ने कोई मुल्लाह है, न काफिर!'

अनुराग खासा सकुचा गया। अब उसने बात आगे नहीं बढ़ाई है वह हिंदू है या गैर-हिंदू, इसका उसने एक बार भी जिक्र नहीं किया। लेकिन हिंदुओं के प्रति, यह रिक्शावाला इस कदर क्रुद्ध ...इतनी अश्रद्धा क्यों है? हिंदुओं को इदस तरह मलाउन या कोनदेर कह कर गाली गलौज क्यों कर रहा है उसे कए 'मालाउन' शब्द

का अर्थ मालूम है? मालाउन तो सरदार नेता को कहते हैं और 'कान्देर' तो वे लोग होते हैं, जो दूसरों को 'कान्देर' कहकर गाली देते हैं। यह अनपढ़ रिक्शेवाला को यह जब नहीं जानता होगा, लेकिन इस देश के आम लोगों के मन में, हिंदुओं के खिलाफ किस कदर जहर भर दिया गया है, इस रिक्शेवाले को देखकर साफ समझ में आ गया।

अनुराग के बचपन में हिंदू-मुसलमानों में जो प्रीति थी, इंसान और इंसान के बीच जो प्यार का रिश्ता था, अब धीरे-धीरे मरता जा रहा है। देश-विभाजन में ही उस टूटते रिश्ते का का सूत्रपात हुआ। उसे याद है, दक्षिण गड़ियाल में जो पंडित-घर है, उसमें पहले एक मुसलमान टीचर रहते थे। धर्म की सीमा से परे, सभी लोग उन्हें 'पंडित-सर' बुलाते थे और चूँकि वह घर पंडित-सर का था, इसलिए उसके घर का नाम ही पड़ गया—पंडित-घर। ब्राह्मण छात्र भी इस पंडित-सर का पैर छूकर सलाम करते थे। सिर्फ पंडित-सर ही नहीं, उनकी बीवी-बेटी को भी इसी अंदाज में सलाम करते थे। मुसलमान कहकर, कोई उनकी उपेक्षा नहीं करता था। विपिन साहा का मकान, दामला और गड़ियाल का संगमस्थल था। उस मकान के उत्तर में सोना पियाँ का घर था। दोनों घरों में दो-मंजिला दालान था। इन दोनों घरों में जो आत्मीयता थी, प्यार का रिश्ता था, वह संप्रीति की उत्कृष्ट मिसाल थी। उनलोगों का आपस में आत्मा का संबंध था, इसीलिए तो उनलोगों में इतनी गहरी आत्मीयता थी।

आज वह श्रीनगर से माइजपाड़ा, रिक्शे पर सवार होकर जा रहा है। जिंदगी की रफ्तार काफी तेज हो गई है। उसके बचपन में यहाँ आने-जाने के लिए सिर्फ दो ही सवारियाँ थीं। वर्षा में नाव और वर्षा बीत जाने पर पैदल-पाँव चलना-फिरना। कोई-कोई घोड़े पर भी घूमते-फिरते थे। जो लोग घोड़ों के मालिक थे और जिनके पास अपना घोड़ा था, उनकी बात अलग थी। घोड़े किराए पर भी मिलते थे, माल वगैरह लाने-ले जाने के लिए! एक जगह से दूसरी जगह जाने के लिए भी लोग-बाग घोड़े किराए पर लेते थे। जो लोग घोड़े किराए पर देते थे, उन्हें 'बेलदार' कहा जाता था। घोड़ों के अलावा, सर्वत्र पालकी का भी प्रचलन था। ये पालकियाँ दूल्हा-दुल्हन को लाने ले जाने के अलावा नावों का भी काम करती थीं। जाने-आने के लिए पालकी भी किराए पर मिल जाती थीं। वैसे पालकी का मिनी-संस्करण, जिसे पिदिमपुर अंचल में 'माझा' कहा जाता था। उसका भी रिवाज था। बहुत-से संपन्न परिवारों की अपनी निजी पालकी और कहार थे। वे सब क्या आज भी मौजूद हैं? अनुराग को अपने सवाल का कोई जवाब नहीं मिला।

तीन दुकान बाजार तक रिक्शा पहुँचते ही, अनुराग ने उसे रुकने को कहा। आँखों के सामने एक परिचित चेहरा, फिर भी परिचित नहीं लग रहा है! वह चेहरा अपने ही ख्यालों में डूबा हुआ, सड़क किनारे-किनारे आगे बढ़ता हुआ! एक हाथ,

सिर पर छाता ताने हुए, दूसरे हाथ में बाजार का थैला। अनुराग उससे कुछ पूछना चाहता था, मगर हिचकिचा गया। जैसे ही उसका रिक्शा, उस शख्स के पास रुका, उसने मुड़कर देखा और हँस दिया। बेहद परिचित हँसी! वह हँसी अनुराग के मन से अभी तक मिटी नहीं थी।

अनुराग रिक्शे से उतर पड़ा और उस सज्जन की तरफ विनीत नजरों से देखते हुए, उसने सवाल किया, 'महाशय, आपका शुभ नाम जान सकता हूँ?'

'क्यों, भई?'

'बिल्कुल आपकी ही सूरत-शक्ल का...बचपन में मेरा एक दोस्त हुआ करता था...'

'उसका नाम क्या था?' सज्जन ने सहज भाव से पूछा।

'नूरूल हुसैन! हम उसे हुसेन कहकर बुलाते थे।'

'अरे, यह तो मेरा ही नाम है। लेकिन मैं तो आपको नहीं पहचान पाया।'

'मैं अनुराग हूँ! अनुराग भट्टाचार्य! सीमारेखा का बड़ा भाई!'

नूरूल हुसैन काफी हद तक अपने में ही ध्यानमग्न होकर रास्ते पर बढ़ा जा रहा था। अचानक रास्ते में बाधा पाकर वह मन ही मन थोड़ा बहुत झुंझला उठा था। लेकिन सीमारेखा का नाम सुनते ही, उसने अपने माथे पर तनाहुआ छाता बंद किया और बाँयें हाथ में अपना थैला और छाता दबोचकर, दाहिने हाथ से अनुराग को अपने सीने से लिपटा लिया। उसकी सारी झुँझलाहट भाग गई। अनुराग ने इतनी ज्यादा उम्मीद नहीं की थी। वह सकपका गया। लेकिन हुसैन उसे अपने से लिपटाए रहा। वह खुद भी, अपने से अपने को छुड़ा नहीं पा रहा था।

कुछेक पल बाद, हुसैन ने खुद ही अपना हाथ हटा लिया और अपनी तरफ से सवाल किया, 'तुम कहाँ से आ गये?'

'ढाका से!' अनुराग ने संक्षिप्त-सा जवाब दिया।

'हमने तो सुना था, तुम दिल्ली में ही रस-बस गए हो?'

'हाँ, तुमने ठीक ही कहा–'

'ढाका कब आए?'

'कल ही–'

'अच्छा-अच्छा! अपना गाँव देखने आए हो?'

'हाँ, काफी हद तक यही...'

'रुकोगे कितने दिन?'

'आज ही लौट जाऊँगा।'

'क्यों?'

'जिंदगी की आखिरी छोर तक पहुँचकर, अपनी जन्मभूमि की माटी को छूकर

प्रणाम् करने आया हूँ। यहाँ ज्यादा देर तक रुकने की जरूरत क्या है? वैसे भी ज्यादा दिनों का प्रोग्राम बनाता भी तो, रुकता कहाँ?'

हुसैन ने काफी जोश भरे लहजे में, कहा, 'क्यों? मेरा घर है न!'

अनुराग ने काफी सकुचाते हुए जवाब दिया, 'ऐसा भला कहीं होता है?'

'क्यों, इसलिए कि मैं मुसलमान हूँ?' हुसैन की आवाज में उत्तेजना भर उठी।

'छिः छिः ऐसा नहीं कहते!' अनुराग ने जुबान काटकर कहा।

'मुझे तो, भइए, यहाँ कोई मुसलमान समझता ही नहीं। सब हिंदू ही समझते हैं।'

इतना कहकर हुसैन ने जोर का ठहाका लगाया।

'कुछेक पल में ही उसने अपनी हँसी रोकते-रोकते कहाँ, 'चलो, चलो, मेरे साथ चलो। अभी गाँव वगैरह देखने की जरूरत नहीं है। मेरे घर में तुम्हें कोई असुविधा नहीं होगी। अभी चलकर आराम करो। दोपहर खाना-वाना खाकर जब धूप ढल जाएगी, तो तुम्हें लेकर माइजपाड़ा चलूँगा।'

अनुराग मना करता रहा, मगर हुसैन ने एक नहीं सुनी। उसके आगे अनुराग की एक न चली। हुसैन ने रिक्शेवाले को लगभग विदा कर देना चाहा, अनुराग ने उसे ऐसा नहीं करने दिया। उसने हुसैन को भी रिक्शे पर बिठा दिया। हुसैन के बताए हुए रास्ते पर रिक्शा दौड़ पड़ा। जरा आगे बढ़ते ही, सामने भारी भीड़ नजर आई। ढेर सारे लड़के-लड़कियाँ वहाँ जमा होकर मीटिंग कर रहे थे। कुछेक रिक्शा, ऑटो भी वहाँ खड़े थे! मीटिंग के करीब आते-आते, उनके रिक्शे की रफ्तार धीमी हो आई! पश्चिम की तरफ से आती हुई बस ने उनकी मीटिंग को तीतर-बितर कर दिया। लड़के-लड़कियाँ रास्ता छोड़कर, किनारे पर जा खड़े हुए! कोई-कोई वहाँ से चल पड़े और रास्ते के मोड़ से, उत्तर की ओर जा पहुँचे। भीड़ छंटते ही उनका रिक्शा दुबारा तेजी से आगे बढ़ने लगा। हुसैन ने ही बताया कि इन दिनों उच्च माध्यमिक की परीक्षाएँ चल रही हैं। ये लड़के-लड़कियाँ परीक्षा देने आए हैं।

'देखो ..., ये छात्र कितने शरीफ हैं! परीक्षा देने आए हैं और बीच सड़क पर मीटिंग कर रहे हैं। जैसे उनके टीचर, वैसे वे! लिखाई-पढ़ाई तो साढ़े बाइस है ही, साधारण भद्रता तक का सबक इन्हें नहीं मिलता! न घर में न स्कूल में! जो होना चाहिए, वहीं हो रहा है! इन्हें शिक्षा आखिर कहाँ से मिले? टीचरों से ही न? लेकिन ये टीचर ही इस काबिल कहाँ हैं कि अपने छात्रों को कोई अच्छी शिक्षा दें?' हुसैन ने उत्तेजित लहजे में कहा!

अनुराग ने कोई जवाब नहीं दिया। वह चुपचाप हुसैन की क्षोभभरी बातें सुनता रहा और रिक्शे में ही बैठे-बैठे सड़क के दोनों तरफ के दृश्य निहारता रहा। उसे प्रायः सबकुछ बेहद अपरिचित लग रहा था। कभी-कभी दो-एक घर जाने-पहचाने

भी लग रहे थे।

भीड़ को पीछे-आगे बढ़ते ही, अनुराग की निगाह जिस घर घर पड़ी, उसने फौरन पहचान लिया। झोंप-झाड़ से ढँका यही मकान, दक्षिणारंजन चक्रवर्ती का था! वे भाग्यकुल स्कूल में पढ़ाते थे! उनके छोटे भाई राड़ीखसाल स्कूल में टीचर थे। उसकी आँखों के सामने उस घर का पिछवाड़ा था, पहले यहाँ सड़क नहीं थी। उनके घर के सामने जो रास्ता था, वह अब शायद कोई इस्तेमाल नहीं करता। दक्षिणारंजन बाबू के घर के बाद ही, वह सड़क पड़ती थी। वह सड़क पार करते ही भगवान चंद्र बसु का मकान! वैज्ञानिक जगदीश चंद्र बसु के पिता! यह मकान जंगली झोंप-झंखाड़ से ढँका हुआ था। उन दिनों यहाँ से गुजरते हुए बदन में खौफ की थरथरी फैल जाती थी। अब, वह माहौल नहीं था। पहले के दिनों में इसी मकान में एक पोस्ट ऑफिस भी हुआ करता था। अब वह पोस्ट ऑफिस भी नहीं रहा। हेम बोस इस मकान की पहली मंजिल पर रहते थे। सभी लोग यही जानते थे कि वे जगदीश बोस के भाई हैं। लेकिन काफी बाद में अनुराग को पता चला कि जगदीश बोस के तो कोई भाई ही नहीं था। फिर हेम बोस कौन थे? खोज-खबर लेने पर अनुराग को खुद ही इसका जवाब मिल गया। भगवान चंद्र बसु चरम स्वदेशी थे। डिप्टी-मजिस्ट्रेट की नौकरी करने के बावजूद, अपने निजी प्रयास से स्वदेशी मेला, बंगला स्कूल, स्वदेशी सामग्रियों का कारखाना शुरू करने की धुन में, उन पर काफी सारा कर्ज चढ़ गया। वे सिर से पाँव तक कर्ज के बोध से जर्र-जर्र हो उठे। कुल अट्ठाइस साल की उम्र में, जगदीश चंद्र वसु ने अपने पिता के समूचे कर्ज की जिम्मेदारी अपने कंधो पर ले ली और राड़ीखाल का मकान, पोखर, जमीन समेत, सभी जायदाद बेच डाली। जिनको उन्होंने यह मकान बेचा था, उनके ही कोई उत्तराधिकारी थे, ये हेम बोस! घर-बिक्री के कागज-पत्रों की नकल, आज भी कलकत्ता के बोस इंस्टिट्यूट में सुरक्षित है। अनुराग खुद अपनी आँखों से देख आया है। उसे आज भी याद है, जिस दिन जगदीश बोस का निधन हुआ, उस दिन उसके स्कूल की छुट्टी हो गई थी और-एक शोक-सभा आयोजित की गई थी। अब वह स्कूल जगदीश चंद्र बसु के पैतृक मकान में स्थानांतरित हो चुका है। उसी स्कूल के छात्र-छात्राओं ने बीच सड़क पर मीटिंग की थी। उन दिनों इस इलाके में लड़के-लड़कियों के लिए अलग-अलग स्कूल नहीं था। अलग-अलग स्कूल आज भी नहीं है। आज भी वहाँ एक ही स्कूल में, लड़के-लड़कियाँ साथ-साथ पढ़ रहे थे।

जगदीश चंद्र वसु के घर के दक्षिण तरफ से जो सड़क है, वह पूर्व की तरफ अंबिका चरण साहा के मकान के सामने से दामला की तरफ चली गई थी। अंबिका चरण साहा और राज मोहन साहा, दो भाई! दोनो भाइयों ने इस अंचल में दो-दो मकान खड़ा करके समूचे इलाके में हलचल मचा दी थी! दोनों ही मकान अधूरे

छूट गए। सन् छियालिस में नोवाखाली में दंगा शुरू होते ही, उन्होंने घर बनवाने का काम रोक दिया। उसके बाद, इसके निर्माण का काम कभी शुरू नहीं हुआ। देश-बंटवारे के कुछ दिनों पहले ही, ये दोनों परिवार कलकत्ता चले गए। राड़ीखाल का मकान, बरीशाल का लंबा-चौड़ा कारोबार यूँ ही पड़ा रह गया। उन दोनों के जाते ही, इस इलाके में रसे-बसे हिंदुओं का मनोबल काफी कुछ टूट गया। उसे आज भी याद है, जिस दिन उसके बापू माइजपाड़ा छोड़कर जा रहे थे, साहा परिवार का गाँव छोड़कर चले जाने का जिक्र दुबारा छिड़ गया था।

उनका रिक्शा कुछ दूर और आगे बढ़ा ही था कि अनुराग की आँखें एक झंडे पर अटक गईं। सड़क की दाहिनी तरफ, एक मकान पर बांग्ला देश का राष्ट्रीय झंडा, हरे रंग पर, लाल-सुर्ख सूरज फर्र-फर्र लहरा रहा था। वह उस घर को नहीं पहचाना पाया।

उसने कौतूहलवश हुसैन से ही उस मकान के बारे में पूछा।

'वह राड़ीखाल मिशन...यानी रामकृष्ण मिशन है।' हुसैन ने बताया।

'और टिन के सारे घर कहाँ गए?' अनुराग ने पूछा।

'तो ये नए मकान-दालान किसने बनवाए?'

'वह जो, एक-मंजिला घर है न, वह यूनियन परिषद् का दफ्तर है और उसके पीछे, वह जो दो-मंजिला मकान देख रहे हो न, वह यूनियन परिषद् का नया भवन है! साथ ही साथ यूनियन स्तर की सरकार के विभिन्न दफ्तर हैं। लेकिन, नए भवन में अभी गृह-प्रवेश नहीं हुआ। अभी यूनियन परिषद् का कामकाज पुराने घर में ही चलता है।'

'और वह जो टिन के शेडवाले कमरों की लंबी कतार थी, जहाँ हॉस्टल हुआ करता था। जहाँ छात्र रहा करते थे, वह तो नजर नहीं आ रहा है।'

'वह लूट लिया गया—'

अनुराग ने आगे कोई सवाल नहीं किया। उसके सामने, उस घर की दक्षिण तरफ, एक स्कूल के बाग-बगीचे की तस्वीर तैर गई। उस घर की उत्तर की तरफ एक सड़क हुआ करती थी, जो जगदीश चंद्र बसु के घर करीब से होती हुई, पश्चिम की तरफ चली गई थी। उसी सड़क पर कुछ आगे बढ़ते ही, उनका स्कूल और उसके करीब ही खेल का मैदान हुआ करता था। उस स्कूल की इमारत अब सुनसान खंडहर बन चुकी है। अब उसके एक भी कमरे सही-सलामत नहीं है। इमारत के उत्तर-पूर्व कोने में एक पक्के पखाने का टूटा-फूटा हिस्सा भर नजर आता था। अनुराग को मिशन के उस स्कूल के बगीचे की याद हो आई। स्कूल जाते हुए, वह राह में, इस बगीचे की खुशबू लेने को ठिठक जाता था! काफी-काफी देर तक खड़ा रहता था। इसी बगीचे से एक फूल तोड़कर, उसने शेफाली के हाथ पर रख दिया था। उसके

बचपन की सहेली-शेफाली! वे दोनों एक ही स्कूल में पढ़ते थे; एक ही साथ स्कूल आते थे, छुट्टी होने पर एक साथ लौट जाते थे। रास्ते में आते-जाते, मिशन का यह बगीचा उन्हें खीचता था। वैसे स्कूल पहुँचने के लिए, एक और भी रास्ता था। शिव मित्तिर के घर के करीब से वह रास्ता उनके स्कूल तक जाता था। लेकिन वह रास्ता उसे पसंद नहीं था। कभी-कभार शेफाली ही उसे, उस रास्ते पर खींच ले जाती थी। नहीं, शेफाली को उस रास्ते का कोई आकर्षण नहीं था। वह तो एक विदेशी महिला की एक झलक भर पाने के लिए, उस रास्ते पर आ निकलती थी। शिव मित्तिर की बीवी, बर्मीज थी। उसे ही देखने के लिए, वे दोनों उस रास्ते उस तरफ से जाया करते थे। उस बर्मी महिला का नौकर भी बर्मीज था। ये दोनों ही इंसान शेफाली के आकर्षण के केंद्र थे। वैसे उस तरफ से स्कूल जाते हुए, उनको, उन दोनों के दर्शन हमेशा ही हो जाते हों, ऐसा भी नहीं था। वह बर्मीज औरत अगर अपने घर के बरामदे में बैठी होती, तब तो उनके दर्शन हो जाते थे। इसके अलावा उसकी झलक पाने की कोई राह नहीं थी। हाँ, वह बर्मीज नौकर, घर के बाहर, सड़क पर अक्सर दिख जाता था। कभी वह कामकाज में व्यस्त होता था, कभी बाजार से मछली-तरकारी, सौदा-सुलुफ लेकर आता हुआ; कभी गायों के लिए घास ला रहा होता; कभी पीतल की बाल्टी में दूध भरकर बाजार की तरफ निकला हुआ। अनुराग ने उसे कभी फुर्सत में नहीं देखा। लेकिन वह आदमी चटपट काम नहीं करता था। हर वक्त, हर काम धीरे-धीरे करता था; धीरे-धीरे चलता था। उसे गायों के साथ कभी इत्मीनान से खड़े, नहीं देखा। गायों का झुंड अपनी चाल में आगे बढ़ता जाता। अगर वे कभी इधर-उधर हो जातीं, तो वह उन्हें नियंत्रित करके, सीधी राह पर लगा देता। गूंगे जीव-जंतु उसकी धमकी समझते थे और वे इधर-उधर नहीं होते थे, सहज-स्वाभाविक चाल में आगे बढ़ते जाते थे। कोई ढीठ गाय अगर पगहा तुड़ाकर भागने की कोशिश करती, तो भी वह उसके पीछे-पीछे दौड़ने के बजाय, उस पर ध्यान दिए बिना ही, अपनी धीमी चाल में आगे बढ़ता जाता! वह निस्पृह किस्म का, अद्भुत इंसान था।

शिव मित्तिर के घर के काफी पिछवाड़े, पश्चिम-उत्तर की तरफ मुंशी निकेत था। लक्खी मुंशी का मकान! लेहीजंग में उसकी जमींदारी थी। उस जनपद का सबसे समृद्ध मकान! इस मकान के कई नौजवान, ब्रिटिश भारत में, ऊँचे-ऊँचे पदों पर नौकरी करते थे। उनमें से कई जज-न्यायाधीश भी थे। अब उस मकान की क्या हालत थी, अब वह किस हाल में है, यह जानने की अनुराग के मन में तीखी चाह जाग उठी।

उसने बगल में बैठे, हुसैन से पूछा, 'अब मुंशी निकेत में कौन रहता है?'

'अब उनमें से कोई नहीं है!'

'कितने दिनों से नहीं हैं?'

'देश-बंटवारे के साथ-साथ ही यहाँ से चले गए, उसके बाद, वह मकान शिव मित्तिर ने दखल कर लिया। उसके हाथों से फैजुद्दीन भाभी ने छीन लिया। शिव मित्तिर ने दुबारा हथिया लिया। उसके हाथों से, राड़ीखाल यूनियन के चेयरमैन, सत्तार खान के पास! अब वह मकान, उसके बेटों की दखल में है। वैसे उस मकान में पोखर के अलावा अब कुछ भी नहीं बचा है। कोठे-दालान का तो नामोनिशान भी मिट चुका है। पहले के सारे चिन्ह मिट चुके हैं। दलान की जगह अब टिन के छोटे-छोटे घर खड़े हैं! हम मुसलमान लोग तो घर बनाने से पहले ही, उसे बेचने की फिक्र करने लगते हैं।'

'वह कैसे?' अनुराग ने जानना चाहा।

'यह जो टिन के घर तैयार किए जाते हैं, वह यह पहले ही सोच लेते हैं कि वक्त-जरूरत इसे बेचा जा सके। पक्का मकान बनवाया, तो टिन के घरों की तरह, जगह नहीं बेच पाएँगे, यह बात वे लोग घर बनाने से पहले ही सोच लेते हैं। पहले यहाँ हिंदुओं में टिन के घर बनाने का काफी कम रिवाज था। वे लोग स्थाई तौर पर रहने के लिए स्थाई घर बनाते थे। यह कैसा निर्मम इतिहास है कि जिन लोगों ने स्थाई तौर पर रहने-सहने के लिए मकान बनवाया, उन्हें ही अपना देश-घर छोड़कर चले जाना पड़ा.... अभी भी जा रहे हैं।'

'लेकिन, तुमने तो कहा हिंदू लोग टिन के घर नहीं बनवाते?'

'नहीं बनवाते, यह मैंने नहीं कहा। कोई-कोई बनवाते भी थे। मसलन्, अंबिका चरण साहा के मकान में, टिन का भी एक घर था। दूर-दूर के गाँव के लोग, उस टिन के घर को देखने आते थे, लेकिन इकहत्तर के मुक्ति-संग्राम के दौरान, पाकिस्तान की हमलावर फौज ने राड़ीखाल गाँव में सबसे पहले उस बेशकीमती टिन के घर में आग लगा दी। आस-पास के घरों के अनगिनत लोग उसी वक्त टिन का घर लूट ले गए। टिन का ऐसा खूबसूरत घर! इस अंचल में दूसरा नहीं था।

अनुराग ने और कोई बात नहीं की। वह खामोश आँखों से सड़क की उत्तर दिशा में देखता रहा। रिक्शा भी पश्चिम दिशा में, के घर नुरूलहुसैन के घर की तरफ बढ़ता गया। रिक्शा बीच-बीच में अपनी चाल धीमी करके, अपनी बगल से गुजरती हुई बसों, गाड़ियों, ऑटों को साइड दे देता था। उत्तर राड़ियाल से गुजरकर, रिक्शा जब दक्षिण राड़ियाल में दाखिल हो रहा था, अनुराग एकदम से चौंक गया। वह जगह किसी हाल भी उसकी पहचान में नहीं आई। उसने बार-बार याद करने की कोशिश की। मगर वह नाकाम रहा।

'यह इलाका क्या नया-नया बसा है?' अनुराग ने पूछा।

'हाँ, नया तो है, मगर यह जगह पहले भी थी। हम इसे बूढ़ी का घर कहा

करते थे। बूढ़ी के घर की उत्तर की तरफ एक सड़क भी थी। वह सड़क प्रायः हर वक्त सीलनभरी होती थी। घर पर हर वक्त ही झोंप-झाड़ उगे रहते थे! सड़क पर बड़े-बड़े, घने-घने पेड़! उस सड़क से जाते हुए, तन-बदन डर से थरथरा उठता था। अब वह सड़क वहाँ नहीं थी। अब वह खौफनाक परिवेश भी नहीं रहा। बूढ़ी के मकान का वह ताड़ का पेड़ भी काट दिया गया है। वहाँ अब मदरसा चलता है। हर साल इसी मदरसे में गँवार मुसलमान तैयार किए जाते हैं। इस मदरसे में जो लड़के भर्ती होते हैं, वे लोग शुरू से ही दूसरों पर निर्भर रहते हैं, दूसरे के आसरे-भरोसे जीते रहते हैं। नमाज पढ़ने-पढ़ाने, अजान देने, कुरान पढ़ने-पढ़ाने के अलावा इनका और कोई काम नहीं होता। ये लोग समाज और राष्ट्र के लिए बोझ हैं। मदरसे की शिक्षा से ये लोग कसकर चिपके हुए हैं, ताकि वे लोग अपनी मध्ययुगीन मानसिकता को समाज में टिकाए रख सकें। आज इंसानों के धार्मिक विश्वास को अपनी पूँजी बनाकर, ये लोग युग-युगों से सालोंसाल अपना जीवन गुजारे जा रहे हैं। धर्म ने इंसान को इंसान से अलग कर रखा है! जितने दिनों किसी इंसान में धर्म बसा रहेगा, उतने दिनों वह असली इंसान नहीं बन सकता। धर्म तो अशिक्षित लोगों की संस्कृति है! तथाकथित शिक्षित इंसान जब धर्म-चर्चा करते हैं, तो नमाज पढ़ते हुए, बार-बार धरती पर मत्था टेकते-टेकते, अपने माथे पर काला निशान बना लेते हैं। मुझे उन पर तरस आता है। मुझे नहीं लगता कि वे लोग सच्चे शिक्षित इंसान हैं! जहाँ कहीं बंगाली संस्कृति की चर्चा होती है, धर्म वहीं अपनी जड़े जमाता है। जैसे ढाका विश्वविद्यालय में आर्ट्स फेकल्टी की तुलना में विज्ञान विभाग में या शिक्षकों में धर्म की चर्चा कुछ ज्यादा ही होने लगती है। प्रकौशल विश्वविद्यालय में भी यह चर्चा ज्यादा होती है। मेडिकल की भी वही हालत है। कैसा दुर्भाग्य है कि जब दुनिया आधुनिक विज्ञान और तकनीक की तरफ बढ़ रही है, तब हमारा देश बुर्का, दाढ़ी, टोपियों से भरता जा रहा है।'

चार

रिक्शा अचानक ही सड़क की बाई तरफ रुक गया। अनुराग ने जुबान से कुछ कहे कुछ कहे बिना सीधे-सीधे नूरूल हुसैन की तरफ देखा। उसके यूँ देखने का मतलब साफ जाहिर था। नूरूल हुसैन भी समझ गया।

उसने ठहाका लगाते हुए कहा, 'घर आ गया, दोस्त! वो रहा...मेरा घर!'

उसने बाँयी तरफ एक घर की तरफ उँगली से इशारा करते हुए कहा और रिक्शे से उतर पड़ा। वह घर, श्रीनगर-भाग्यकुल सड़क से ज्यादा दूर नहीं था। यही कोई तीन सौ गज का फासला होगा! खूबसूरत मकान! आम के कई एक पेड़ों से घिरा हुआ! घर के अहाते में रंग-बिरंगे फूलों पर, सड़क से ही नजर पड़ गई। आस-पास के घर-मकानों से वह घर बिल्कुल अलग-थलग था, यह भी साफ नजर आ रहा था। रिक्शे से उतरते-उतरते, अनुराग की नजर रिक्शे के दूसरी तरफ जा टिकी, उस तरफ सिर्फ हरियाली ही हरियाली! घनी-घनी हरियाली की भीड़! यहीं से विक्रमपुर की तरफ के गहरे दलदल भरे रास्ते की शुरुआत होती थी। अपनी छड़ी के सहारे खड़े-खड़े, अनुराग ने उस दलदल की तरफ देखते हुए, भरपूर लंबी साँस ली। अगले ही पल एक संकरी कच्ची पगडंडी की तरफ, नुरूल हुसैन के पीछे-पीछे चल पड़ा। यह पगडंडी उसे नुरूल हुसैन के घर तक ले गई।

घर मैं कदम रखते ही, नुरूल हुसैन ने जोर-शोर से हाँक लगाई, 'कहाँ हो, भई? देखो, मैं किसे ले आया—'

उसकी आवाज सुनकर, सभी बाहर निकल आए। उनमें चार औरतें भी थीं।

उनमें अपेक्षाकृत बड़ी उम्र की महिला को दिखाकर उसने कहा, 'ये तुम्हारी भाभी हैं! बाकी मेरे बेटे की बहुएँ!' उसने अनुराग की पीठ पर हाथ रखकर, अगला जुमला जोड़ा, 'और यह है, मेरे बचपन का दोस्त! दिल्ली में रहता है। अपने माइजपाड़ा वाला घर देखने के लिए, वहाँ से चलकर, यहाँ आया है! सड़क पर, तीन दुकान के पास हमारी भेंट हो गई। अब यह कुछ दिन यहीं रहेगा, मेरे साथ!'

परिचय-पर्व से पहले ही, अनुराग उन सबका अभिवादन कर चुका था! उनलोगों का अभिवादन भी कबूल कर चुका था। लेकिन, अब तक उसने ज़ुबान नहीं खोली थी! अब उससे कुछ कहे बिना रहा नहीं गया।

'कुछ दिन, क्यों कह रहे हो, बंधु? मुझे तो आज ही लौट जाना है।'

'यह कैसे हो सकता है? अब तुम कुछ दिनों यहीं रहोगे, घूमोगे-फिरोगे! अपना माइजपाड़ा देखोगे। साथ ही भाग्यकुल, राड़ीखाल और विक्रमपुर भी देखने चलेंगे।'

'यह तो संभव नहीं है! मैं ढाका में, बताकर जो नहीं आया।'

'ढाका में किसके यहाँ ठहरे हो?'

'किसी के घर नहीं, होटल में ठहरा हूँ।'

'तब तो कोई समस्या ही नहीं है! यहाँ से एक फोन कर देना, बस!'

'चलो, बाद में देख लेंगे।'

'नहीं, नहीं, बाद में नहीं, समझ लो यह तय हो गया।'

अनुराग ने आगे कोई बात नहीं की। इस प्रसंग में, उसे इतनी उम्मीद नहीं थी। नुरूलहुसैन की ऐसी अंतरंगता और-और प्यार देखकर, वह मुग्ध और अविभूत था!

यह शख्स उससे इतनी अंतरंगता क्यों दिखा रहा है? इसलिए कि वह सीमारेखा भट्टाचार्य का भाई है?—अनुराग ने अपने से ही सवाल किया! शायद यही सच है! शायद यह सच न भी हो। नुरूलहुसैन को देखकर, उसे बार-बार सीमारेखा याद आती रही! सीमारेखा की मौत के बारे में भी, उसने कभी इतनी गहराई से महसूस नहीं किया था। गौहाटी में सिविल सर्जन के पद पर काम करते हुए, किसी सड़क-दुर्घटना में डाक्टर सीमारेखा की मौत हो गई थी। उन दिनों अनुराग की पोस्टिंग कोचीन में थी। खबर पाकर वह गौहाटी दौड़ पड़ा था। लेकिन, तब तक कुछ भी नहीं बचा था। बहन का पार्थीव शरीर कलकत्ता लाया गया, शवदाह से पहले, गले का चेन उतारते हुए, अनुराग स्तंभित रह गया। चेन के लॉकेट में एक तस्वीर! किसी देवी-देवता का नहीं, किसी नौजवान का चेहरा! श्वेत-श्याम तस्वीर! अनुराग वह तस्वीर अपने साथ लाया था। बैग से वह तस्वीर निकालकर उसने नुरूलहुसैन की तरफ बढ़ा दिया। अपने तरुण उम्र की तस्वीर, लॉकेट के अंदर देखकर वह भी चकित रह गया।

'इस लॉकेट में मेरी तस्वीर क्यों है?' उसने अनुराग से पूछा।

'यह तस्वीर मैंने नहीं रखी।'

'फिर किसने...?'

'जिसका यह लॉकेट है, उसने...'

'लॉकेट किसका है?'

'सीमारेखा का!'

हुसैन ने फिर कोई सवाल नहीं किया उसने नजरे झुका लीं और सिर नीचा कर के फर्श की तरफ देखने लगा।

अनुराग अपलक आँखों से हुसैन का चेहरा पढ़ता रहा। उसकी जिस बहन ने नुरूलहुसैन को अपना ध्यान-ज्ञान-सर्वस्व मानकर, अपनी समूची जिंदगी गुजार दी, उस शख्स की प्रतिक्रिया देखना, अनुराग के लिए बेहद जरूरी हो आया। नुरूलहुसैन ने अपनी दुनिया बसा ली। अब बेटा-बेटी, नाती-पोतों से उसका भरा-पूरा संसार है। लेकिन, उसने इन सबकी बिल्कुल परवाह नहीं की। नुरूलहुसैन ही उसका सर्वस्व था। उससे अलग, अपनी दुनिया बसाकर, नुरूलहुसैन कितना सुखी था, यह जानने की उसके मन में तीखी चाह जाग उठी।

लॉकेट जैसे खुला हुआ था, नुरूलहुसैन उसी तरह अपने हाथ में लिए बैठा रहा। वह बेतरह असहाय नज़र आया। उसे अपना आपा बेहद छोटा और ख़ुदगर्ज़ लगा। इतने-इतने सालों से जो तस्वीर, सीमारेखा ने बड़े जतन से अपनी छाती से लगाए रखा, आज नुरूलहुसैन के आँसुओं में भींगता रहा। अनुराग ने भी वह लॉकेट वापस नहीं लिया। उसे बिल्कुल इसी प्रतिक्रिया की उम्मीद थी। अब उसे नुरूलहुसैन से कोई शिकायत नहीं रही।

सुबह ढाका से रवाना होने से पहले, अनुराग ने, हर रोज़ से कुछ ज़्यादा ही नाश्ता कर लिया था। इस उम्र में खाने-पीने पर अगर नज़र न रखी जाए, तो बीमार हो जाने की पूरी-पूरी संभावना होती है। बीवी के इंतकाल के बाद, उसकी देखभाल के लिए कोई नहीं रहा। अपनी सेहत की खुद ही देखभाल करनी होती है। लेकिन नुरूलहुसैन के यहाँ दोपहर के खाने का जैसा आयोजन हुआ, वह देखकर, वह अपना लोभ संवरण नहीं कर पाया। उस दिन उसने जी भरकर खाया। पिसी हुई सरसों में पाट साग, पूटी मछली की भुजिया, केले का मोचा, बेसन में भुना करेला, काले जीरे में पाबदा मछली का शोरबा, अंबिया मिली दाल--ये सभी व्यंजन उसे बेहद पसंद थे। पत्नी की मौत के बाद, अपने पसंद के एक साथ, इतने सारे व्यंजन, यूँ मिलजुलकर खाने का उसे फिर कभी मौका नहीं मिला। यूँ खाने की क्षमता और इच्छा, दोनों ही उसके पास मौजूद हैं, लेकिन ये व्यंजन बनाए कौन? खाने का शौक उसे हमेशा से रहा है। लेकिन खाना पकाना उसे कभी नहीं आया। वह हमेशा बावर्ची के हाथों पकाया हुआ खाना खाता रहा। जब उसकी बीवी ज़िंदा थी, तो सारा खाना उसी की देखरेख में पकाया जाता था। अब तो बावर्ची जो पका देता है, लाचारी में वही खाना पड़ता है। बीवी के सामने, कभी, किसी दिन, तरकारी पसंद नहीं आती थी या वह खाना कम खाता था, तो वह बात, बीवी की नज़रों से छिपी नहीं रहती थीं। वह अगली ही जून नए सिरे से, नए ढंग की सब्ज़ी बनवाती थी। अनुराग के पास उन दिनों की सिर्फ यादें भर बच रही हैं। जरूरत से ज्यादा

खाना खाकर, अनुराग को जरा आलस आने लगा। नुरूलहुसैन ने दूसरी मंजिल में, अपने सोने के कमरे में, उसके आराम का इंतजाम कर दिया। नहीं, वह दूसरी मंजिल भी नहीं थी और उसके ऊपर की मंजिल भी नहीं थी। तो क्या यह डेढ़ी मंजिल थी? काफी कुछ इसी तरह की! विक्रमपुर अंचल में, टिन-काठ के बने घर-मकान की यही खासियत है। ऐसे घर-मकान, अन्यान्य इलाकों में ख़ास नहीं आते। फर्श पर काठ के तख्ते बिछाकर, घर बनाए जाते हैं। कमरे के ऊपर फूस की चार-स्तरीय छादन के कई फुट नीचे, फिर एक पर्त काठ के तख्ते बिछाकर, ऐसा क़मरा बनाया जाता है। घर के हिस्से को कोई 'कार' कहता है, कोई 'आपार'। किन्हीं-किन्हीं घर-मकानों में इस डिज़ाइन के कमरे भी बनवाए जाते हैं। यह आदमी के सामर्थ्य पर निर्भर करता है। नुरूलहुसैन ज़िंदगी भर टीचरी करता रहा। उसे इस किस्म का दो-मंज़िला घर बनवाने का शौक रहा होगा। लेकिन क्षमता नहीं रही होगी। उसने छत की ऊँचाई तो, स्वाभाविक से ज़्यादा रखी, लेकिन दूसरी मंज़िल के बराबर ऊँचाई नहीं रख पाया। हाँ, कमरे में चारों तरफ खिड़कियाँ जरूर बनवा लीं। काफी कुछ दो-मंज़िला घरों की डिज़ाइन की खिड़कियाँ! ना, उसमें बरामदा नहीं था।

नुरूलहुसैन के बिस्तर पर लेटे-लेटे, अनुराग के मन में बचपना जाग उठा। उसे यह भी ख्वाब आने लगा कि इस बिस्तर पर तो सीमारेखा को लेटे होना चाहिए था। लेकिन अब वहाँ कोई दूसरी औरत लेटती-सोती है। हालाँकि पंखे का स्विच ऑन करते हुए, नुरूलहुसैन ने बताया कि कई सालों से वह इस कमरे में अकेला ही सोता है। उसने अकेले सोने की बात क्यों बताई? वह बताकर, वह क्या सीमारेखा के भाई को कोई सफाई देने की कोशिश कर रहा है? लेकिन अनुराग को तो उससे ऐसी कोई अपेक्षा नहीं है! वह प्रत्याशा भी नहीं करता। उसे जो समझना था। उसने समझ लिया। यही सब सोचते-सोचते, मारे थकान के उसे नींद आ गई। खाना-पीना भी ख़ासी मेहनत का काम है, अधिकांश लोगों को भले इसका अहसास न हो, अनुराग को यह समझने में ज़रा भी असुविधा नहीं हुई। पहले भी, जब वह खाने बैठता था, वह पसीने-पसीने हो जाता था। अभी भी, खाते वक्त उसे पसीना न आता हो, ऐसा नहीं है! सबसे पहले पसीना उसके, सिर पर चमक उठता है। इसीलिए उसने अपने सिर के बालों को कभी बढ़ने नहीं दिया। महीने में दो बार बाल कटवाना, उसकी पुरानी आदत है। बालों के प्रति उसकी कमजोरी देखकर, उसकी बीवी अक्सर उस पर हँसा करती थी। सर्दी के मौसम में या किसी ठंडे प्रदेश में सैर के लिए जाकर, उसे परम चैन मिलता था। गर्मी का अत्याचार तो उसे काहिल बना देता है। गर्मी में, सिर पर पंखा घूमते रहने के बावजूद, खाना खाते हुए, वह पसीने-पसीने हो जाता था। उसकी बीवी की हालत बिल्कुल उल्टी थी। हल्की-सी ठंड में वह काहिल हो आती थी। कभी-कभी तो उसे कंपकंपी छूटने लगती थी। सर्दी वह बिल्कुल बर्दाश्त

नहीं कर पाती थी। अनुराग गर्मी से बेतरह परेशान हो उठा है। ठीक उसी वक्त उसकी बीवी को कंपकपी का दौरा पड़ गया, लाचार होकर उसे पंखा फौरन बंद कर देना पड़ता था। बीवी के तन-बदन पर गर्म कपड़ा लपेटना पड़ता था। इस वजह से बहुत बार उसने अकेले कमरे में सोने का प्रस्ताव दिया, मगर बीवी के एतराज पर वह अलग कमरे में कभी सो नहीं पाया। आमतौर पर ऐसा होता है। पति-पत्नी, दोनों प्राणी, एक ही मेस् के बाशिंदा हों, ऐसा बहुत कम होता है। एक जन कोई फैसला करता है, दूसरा उसे खारिज करने को आमादा हो जाता है। अपने सुदीर्घ दांपत्य जीवन में अनुराग का तजुर्बा तो यही रहा।

अचानक नींद टूटते ही, अनुराग उठ बैठा। यूँ दोपहर के वक्त सोने की उसे बिल्कुल आदत नहीं थी। लेकिन ढलती उम्र की वजह से आजकल वह थोड़ा-बहुत सो जाता है। सुना है, बच्चों और बूढ़ों का ज्यादा सोना, सेहत की निशानी है। शैशव में उसकी नींद कैसी थी, उसे नहीं मालूम! उसे याद भी नहीं। लेकिन बुढ़ापे में नींद और कभी-कभी अति-नींद बेहद जरूरी हो आती है, आजकल वह बखूबी महसूस करने लगा है! बचपन की याद आते ही, उसकी आँखों के आगे एक कड़वा-सा वाकया तैर गया। जिस दिन वह माइजपाड़ा से चल पड़ा, उसने अपने साथ कुछ भी नहीं लिया था। टिन के छोटे-से डिब्बे में, कुछेक कंचे रख लिए थे। वे कंचे भी, खाकी वर्दी में एक बंदूकधारी ने, जैसोर में छीन लिये थे। उस वक्त, उसकी जुबान से एक भी शब्द नहीं निकला। वह फटी-फटी आँखों से उस डिब्बे को देखता रहा! उस आदमी को शायद यह लगा था कि उस डिब्बे में सोने के गहने, रुपए-पैसे होंगे। लेकिन जब उसने देखा कि डिब्बे में मार्बल के कंचे के अलावा और कुछ नहीं है, तब उसने वह डिब्बा उसे न लौटाकर, करीब के एक पोखर में उछाल दिया। आज भी उन कंचों के लिए अनुराग को अफसोस होता है। उसे आज भी लगता है कि काश, वे कंचे उसके पास होते, तो आज उसके लिए किस क़दर बहुमूल्य होता या फिर ऐसा भी हो सकता था कि आज उसे उन कंचों की याद भी न होती।

नुरूलहुसैन हाथ में ताड़ के पत्तों का एक पंखा लिए हुए कमरे में आ पहुँचा। अनुराग अपने बचपन की यादों से उबर आया। उसने सिर उठाकर सीलिंग पर नजर डाली। पंखा घूम नहीं रहा था। यानी लोडशेडिंग! नुरूलहुसैन के हाथ में अगर पंखा नज़र न आता, तो मुमकिन है, वह सिर उठाकर, ऊपर पंखे की तरफ नहीं देखता।

'बिजली आने के बाद, यही एक समस्या आ पड़ी है–' यह कहते हुए नुरूलहुसैन, उसके करीब आ बैठा।

अनुराग कोई जवाब देने के बजाय, सवालिया निगाहों से उसकी तरफ देखता रहा।

'बिजली आने के बाद, लोगों ने हाथ-पंखा त्याग दिया। लेकिन बिजली हर

वक्त रहती नहीं। ताड़ के पंखे की ज़रूरत तो पड़ती ही है।'

'यहाँ बिजली कब आयी?' अनुराग ने पूछा।

'कुछ ही साल हुए हैं।'

'कितने साल?'

'अस्सी के दशक के बीचोंबीच। साल ठीक-ठाक याद नहीं है।'

'बिजली आ जाने से क्या-क्या बदलाव आया है?'

'इंसान की निर्भरशीलता बढ़ गई है। गाँवों में जो हँसी-खुशी, मेल-जोल का परिवेश था, वह नष्ट हो गया है।'

'यह तो तुमने इसका नेगेटिव पक्ष बताया, पोज़िटिव पक्ष क्या-क्या है?'

'देखो, मेरी नज़र में इसका पोजिटिव पक्ष कोई नहीं है। बिजली का जो तार, बिना किसी कवर के, पोखर के ऊपर से खींचा गया, पिछली बारिश में, उसमें भींगी हुई डांड के स्पर्श से, पड़ोस के घर का सिराज बिचारा, अपनी जान से हाथ धो बैठा। बरसात की अंधियारी रात में, वह पतवार चला रहा था। यह सब क्या पोजिटिव पक्ष है?'

'भई, हर मामले का पोजिटिव और नेगेटिव पक्ष होता है। बिजली में भी अगर कोई पोजिटिव पक्ष नहीं होता, तो इंसान जाने कब ही उसे त्याग देता। तुम्हारे ढाका शहर तक आते-आते सब समाप्त हो जाता। इस उजाड़-गाँव, राड़ीखाल तक हरगिज नहीं पहुँचता। अब तुम विकास के सपनों का लालन-पालन करोगे या मनोरंजन को चुनोगे, यह तुम्हारा अपना मामला है।'

बहरहाल, अनुराग ने इस बारे में बात आगे नहीं बढ़ाई। नुरूलहुसैन भी चुप हो गया। अनुराग की बातों में कहीं सच्चाई थी, इसे मानकर ही वह चुप हो गया। लेकिन इस तरह प्रकृति को छिन्न-भिन्न करना, उसे बिल्कुल पसंद नहीं है। उसे अच्छा भी नहीं लगता। लेकिन, प्रगति को उसने कभी भी अस्वीकार नहीं किया। यही एक द्वंद, हर पल उसके अंदर काम करता रहा है, आज भी कर रहा है। इसका समाधान क्या है, नूरूल नहीं जानता। उसी की तरह क्या औरों के मन में भी यह द्वंद चल रहा है? नुरूलहुसैन के मन में यह जानने की तीखी चाह समायी थी। इस बारे में कभी भी, किसी के साथ उसकी बातचीत नहीं हुई। आज वह अनुराग से बात करके देखे? नहीं, यह शायद उचित न होगा। बिजली के बारे में उसने जिस ढंग से साफ-साफ अपनी राय जाहिर कर दी, उसके बाद कुछ सोचने-समझने महसूस करने की कोई वजह नहीं हो सकती। अनुराग के मन में किसी बात को लेकर द्वंद है? बहरहाल, अगर ऐसा है भी, तो इस पल कोई सवाल करना शायद ठीक नहीं होगा।

नुरूलहुसैन की सोच का सिलसिला अचानक टूट गया। उसकी बीवी नीचे आकर चाय पीने के लिए आवाज दे रही थी।

अनुराग को चाय पिलाने के लिए, जब नूरूल को आवाज़ दी, उसने नीचे उतरने की एक शर्त रख दी।

'मैं चाय पी सकता हूँ, लेकिन मेरी एक शर्त है! चाय पीकर मैं निकलूँगा।'

'कहाँ?'

'माइजपाड़ा और उसके बाद, ढाका!'

'ठीक है! माइजपाड़ा आज ही चलेंगे, मगर आज तुम्हारा ढाका जाना नहीं हो सकता, भइये!'

'लेकिन मेरा लौटना जरूरी है। वहाँ मैं किसी को, कुछ बताकर नहीं आया।'

'तो अभी ही होटल में फोन करके बता दो न!' इतना कहकर उसने बेटे को आवाज देकर, मोबाइल फोन दे जाने को कहा।

'लेकिन, यह बड़ा अजीब लगेगा।'

'क्यों? अजीब क्यों लगेगा? मैं...हमलोग क्या तुम्हारे कोई नहीं हैं?'

अनुराग से कोई जवाब देते नहीं बना। उसे कोई जवाब ही नहीं सूझ पड़ा। वह दो मिनट तक सोचता रहा। उसके बाद, नुरूलहुसैन के साथ काठ की सीढ़ियों से, धीमे-धीमे नीचे उतर आया। सीढ़ी से नीचे उतरने की थकान उतारने के लिए, छड़ी टेककर कुछेक पल के लिए ठिठक गए।

चाय पीते-पीते ही नुरूलहुसैन ने सूचना दी कि वह अनुराग को लेकर, जरा बाहर निकल रहा है। माइजपाड़ा घूम-फिरकर शाम तक लौट आएगा। यानी रात का खाना तैयार रखने की परोक्ष हिदायत! अनुराग ने छूटते ही बताया कि रात के वक्त वह कुछ नहीं खाता। उसकी यह बात सुनकर नुरूल बेहद हताश हो आया।

वह चाय पीकर निकलने ही वाला था कि बाहर से एक शख़्स हाँफते-काँपते नूरूलहुसैन के सामने आ खड़ा हुआ। वह शख़्स उसका परिचित था। पड़ोस के घर में काम करता था। जिंदगी की शुरुआत में वह भाग्यकुल बाजार में पाल लोगों के बर्फ के कारखाने में काम करता था। नाम-तफ़ेज खाँ! काम के प्रति उसकी लगन और विश्वसनीयता की वजह से, उसे बाज़ार के बर्फ-कारखाने से निकालकर अपने घर में ले आया गया। पाल लोगों के साथ नुरूलहुसैन की गहरी दोस्ती थी। उस घर के बच्चे, जब छुट्टी में घर आते थे, तब उन बच्चों को पढ़ाने-लिखाने की जिम्मेदारी, नुरूलहुसैन के कंधों पर आ पड़ती थी। उसे उन बच्चों को पढ़ाना जितना अच्छा लगता था, उससे कहीं ज्यादा उनसे गपशप करना पसंद था। उसके किस्से-कहानियों के श्रोता, जितना तो बच्चे नहीं होते थे, उससे ज्यदा घर के बड़े लोग। नुरूलहुसैन जो किस्से-कहानियाँ सुनाता था, उन लोगों ने और किसी की जुबानी, कभी नहीं सुना था। टीचरी के साथ-साथ, चूँकि वह डॉक्टरी भी करता था, इसलिए पाल-परिवार का कोई-कोई बंदा उसका मरीज भी था! वह उनका डॉक्टर! ऐसे वक्त, पाल-घराने

की मंझली बहू ने बालाशूरवाले घर से, नुरूलहुसैन को बुला ले जाने के लिए, ताफेज ख़ा को भेजा था। जिस मरीज ने उसे बुला भेजा था, उसके आह्वान की उपेक्षा नहीं की जा सकती थी। नुरूलहुसैन के लिए उसका आह्वान ठुकराना, संभव भी नहीं था। काम अगर बेहद जरूरी न होता, तो ऐसी ढलती दोपहरी में, वह उन्हें बुलाने के लिए, आदमी नहीं भेजती। नुरूल यह बात बखूबी जानता था। लेकिन इस वक्त वह जाए कैसे? अंदर ही अंदर वह दुविधा में पड़ गया। अनुराग को लेकर, वह माइजपाड़ा जानेवाला है। अनुराग को उसने दिन भर यही तसल्ली देकर इंतजार कराया है कि शाम को वह उसे माइजपाड़ा ले जाएगा। उसने ताफेज खाँ से कहा कि वह शाम को पहुँच जाएगा। लेकिन ताफेज खाँ अपनी जगह से टस से मस नहीं हुआ। वह नुरूलहुसैन को लेकर ही जाएगा। वह बड़ी सड़क पर रिक्शा खड़ा करके आया है।

अब नुरूल ने बेहद असहाय निगाहों से अनुराग की तरफ देखा। उसने जुबान से कुछ नहीं कहा। अनुराग उसके उद्धार के लिए आगे बढ़ आया। उसने नुरूल को मरीज देखने के लिए, बालाशूर जाने के लिए अभय-दान करते हुए बताया कि माइजपाड़ा वह अकेला ही चला जाएगा। वह अकेला ही वहाँ पहुँच सकता है। लेकिन नुरूलहुसैन ने इसमें भी एतराज जताया। उसने एक विकल्प-प्रस्ताव दिया। अनुराग भी अगर उसके साथ बालाशूर चले, तो उसका भी भाग्यकुल और बालाशूर देखना हो जाएगा। कल सुबह ही वह उसे माइजपाड़ा ले जाएगा। ख़ैर, भाग्यकुल देखने का अनुराग को लोभ न हो, ऐसा भी नहीं था। लेकिन माइजपाड़ा की तुलना में, वे सब निहायत मामूली जगहें हैं। इसके बावजूद, अनुराग, नुरूलहुसैन के साथ जाने को राजी हो गया।

पाँच

ताफ़ेज़ ख़ाँ जो रिक्शा लेकर आया था, अनुराग और नुरूलहुसैन, दोनों उस पर सवार हो गए। ताफ़ेज़ ख़ाँ उनके पीछे-पीछे, पैदल-पैदल ही चल पड़ा। उनका रिक्शा जब बीचवाले घर तक आ पहुँचा, तो आड़ियल का पूरा का पूरा दलदल उनके सामने बिछ गया। अनुराग उसे आँखे भर-भरकर देखता रहा। कुछ और आगे, दाहिनी तरफ नज़रें घुमाते ही, एक ऊँचे-से मठ पर आँखें टिक गईं।

'वह क्या श्यामसिद्धि मठ है?' उसने सवाल किया।

'नहीं! वह माइजपाड़ा राय घराने का मठ है।'

अनुराग ने दुबारा कोई सवाल नहीं किया। माइजपाड़ा न जा पाने का जिक्र छेड़कर, वह उसे संकोच में नहीं डालना चाहता था। लेकिन माइजपाड़ा गाँव की बातें सुनकर, उस गाँव का मठ देखकर, उसके दिल में हलचल मच गई। आड़ियल दलदल के उत्तरी किनारे पर सब कुछ खाँव-खाँव करता हुआ! कहीं, कोई अंदाज़ा नहीं लग रहा था। अनुराग को किसी हाल भी याद नहीं आया कि दलदल के उस पार के गाँवों का नाम क्या था। अनुराग ने नुरूलहुसैन से ही जानना चाहा।

'आलमपुर, शेखरनगर, मदनखाली...' नुरूल गिनाता गया।

'मानिकगंज क्या उसी तरफ है?' अनुराग ने बीच में ही अगला सवाल किया।

'हाँ, उधर ही है। लेकिन अभी-अभी मैंने जिन गाँवों के नाम गिनाए, उनसे कुछ और आगे...काफी दूर! लेकिन यह अचानक मानिकगंज में तुम्हारी दिलचस्पी क्यों जाग उठी?'

'कहीं, दिलचस्पी की बात नहीं! कलकत्ते में एक सज्जन से भेंट हुई थी। उनके साथ, उनकी बर्मीज़ बीवी भी थीं'

'नाम क्या था उनका?'

'डॉक्टर शम्सुर रहमान! उनके पिता पुलिस अफसर थे।'

'तो ऐसा कहो न! वह तो हमारे पन्नू की बहुरिया का बड़ा भाई है।'

'पन्नू कौन?'

'तुम्हें लुत्फर की याद है? सलामती मुग़ल कोठी का लुत्फर! जिसका भला-सा नाम था—मिर्ज़ा अनवरुल अज़ीम!'

'याद क्यों नहीं होगा? हमलोग लुत्फर भाई को आदर्श पुरुष मानते थे! अब वे किस हालत में हैं?'

'हालत अच्छी नहीं है' उन्हें स्ट्रोक हुआ था। उसके बाद से ही हालत अच्छी नहीं है। इस उम्र में मर्द को बीवी की सबसे ज़्यादा ज़रूरत पड़ती हे। लेकिन लुत्फर की बीवी, मतलब हमारी मुन्नी, कैंसर रोग की शिकार होकर, सरग चली गई।' इतना कहकर, नुरूलहुसैन ने लंबी उसाँस भरी।

कुछेक पल के लिए वह ख़ामोश हो रहा। पता नहीं, वह किस सोच में डूब गया। अनुराग ने भी कोई सवाल नहीं किया। बस, वह नुरूलहुसैन का चेहरा पढ़ता रहा। अचानक जाने क्यों तो वह अनमना हो आया।

रिक्शा पश्चिम से और पश्चिम की तरफ बढ़ता रहा। अचानक किसी गड्ढे में पड़कर, एकदम से झटक लगा। नुरूलहुसैन का ध्यान टूट गया। उसने रिक्शेवाले को हल्की-सी डाँट पिलायी; सावधानी से रिक्शा चलाने की हिदायत दी।

'सॉरी!' उसने अनुराग की तरफ मुखातिब होकर कहा।

अनुराग खामोश निगाहों से नुरूलहुसैन का चेहरा और गहराई से पढ़ता रहा। नुरूलहुसैन ने अपने चेहरे पर उसकी निगाहें महसूस की।

वह सकपकाकर दुबारा पहले के प्रसंग पर लौट आया।

'हाँ, तो पन्नू, मुनिया का भाई है। बड़ा भाई! मुझे वे लोग 'मामा- बुलाते हैं। मुनिया कितनी भली और शरीफ लड़की थी!'

'उसका पूरा नाम क्या था?' अनुराग ने पूछा।

'आज़रा ख़ानम! हम उसे मुनिया कहकर ही बुलाते थे। तीन-तीन बेटियाँ रखकर, वह भगवान के पास चली गई। हाँ, तो मैं तुम्हें शम्सुर रहमान के बारे में बता रहा था...'

'हाँ, वे कैसे हैं?' अनुराग ने जानना चाहा।

'वे भी चले गए। तुम जिस बर्मीज़ औरत के बारे में बता रहे थे न...कई दिन हुए, वह भी चल बसी। डॉक्टर के पुकार का नाम था—सोना! उनके माँ-बाप उन्हें इसी नाम से पुकारते थे। कलकत्ता में डॉक्टरी पढ़ते-पढ़ते, एक बर्मीज़ नर्स से ब्याह रचाकर, जब वे मानिकगंज लौटे, तो पुलिस अफसर बाप, मारे तैश के उन दोनों पर बंदूक ताने-ताने बाहर निकल आया। बेटे का खून करने पर आमादा! लेकिन उस बंदूक की नली के सामने, शम्सुर रहमान की माँ आकर खड़ी हो गईं और उन्हें ललकारकर कहा—सोना मरा नहीं है, सिर्फ ब्याह ही तो किया है। बीवी के इस संक्षिप्त

जुमले ने ही पुलिस अफसर को बर्फ की तरह ठंडा कर दिया। उनका बंदूक झुक गया। डॉक्टर शम्सुर रहमान की माँ ने बताया कि जिंदगी में पहली और आखिरी बार ही उन्होंने अपेन पति से तैश के लहजे में बात की थी।'

अब उनका रिक्शा मध्य-कोठी से गुजरकर आगे बढ़ रहा था। इस कोठी में पुराना दालान, घाट, मंदिर–सभी कुछ धूसर लाल रंग का! प्लास्टर गायब! रंग-रोगन का तो सवाल ही नहीं उठता था। सालों पहले बनवाए गए इस मकान के कई दालानों-कमरों के बारे में अनुराग को कोई जानकारी ही नहीं थी। मगर, जिन लोगों ने यह मकान बनवाया था, उन्होंने अपने और अपनी अगली पीढ़ी के बारे में साचे-समझकर ही बनवाया था। अब उनमें से कोई नहीं रहा। सन् सैंतालिस में, देश-बंटवारे के दौरान, इस मकान से सबको खदेड़ दिया गया। घर के मालिकों में से अगर कोई जिंदा होता, तो वह अपने पुरखों के इस निर्माण को कभी नष्ट नहीं होने देते।

अनुराग ने यह जानना चाहा कि अब उस मकान में कौन रहता है, लेकिन उसने कोई सवाल नहीं किया। रिक्शा, पश्चिम की तरफ और आगे बढ़ता रहा। कुछ दूर जाकर, रिक्शा दाहिनी तरफ मुड़ गया और पाल-कोठी की तरफ जा पहुँचा।

नुरूलहुसैन, अनुराग को अपने साथ अंदरमहल में लिवा ले गया। वे दोनों बाहर के बैठकरवाने में रुक गए। कुछेक पल में ही अंदर से कोई नौकर, नुरूलहुसैन को बुलाने आ पहुँचा। नुरूलहुसैन ने अंदर संदेशा भेजा कि उनके साथ एक और सज्जन आए है। वे दिल्ली से आज ही हपुँचे हैं। उन्हें बैठकरवाने में बिठाकर, वे अंदर नहीं जा सकेंगे! अंदरमहल में यह संदेशा भेजकर, नुरूलहुसैन अनुराग के साथ ही बैठा रहा! वह आदमी दुबारा लौट आया और दोनों को अपने साथ अंदर लिवा ले गया। मरीज से बातचीत करने के बाद नुरूलहुसैन ने दवा वगैरह का इंतजाम किया और लौटने की इजाज़त माँगी! लेकिन मरीज ने उसे उठने नहीं दिया। नुरूलहुसैन भले वहाँ रोज-रोज आते-जाते हों, लेकिन आज उनके साथ जो मेहमान आए हैं, वे पहले कभी उनके यहाँ नहीं आए। इसलिए मेहमान मुँह जुठारे बिना, उसके यहाँ से नहीं जा सकता।

रोगिणी का अनुराग के साथ भी परिचय कराया गया।

रोगिणी का नाम था–जयश्री पाल! उसकी दीदी, दिल्ली के चित्तरंजन पार्क में रहती है। उसके जीजा, वहाँ सरकार के स्वास्थ्य विभाग में, किसी ऊँचे पद पर नौकरी करते हैं। जयश्री अपनी दीदी के यहाँ, एक नहीं, कई बार गई है! उसकी बड़ी बेटी भी, वहीं, उसकी दीदी के पास रहती है। वह जवाहरलाल नेहरू विश्वविद्यालय में, ऑनर्स के अंतिम वर्ष में पढ़ रही है! छोटी बेटी ही देहरादून के किसी स्कूल में पढ़ती है। उसके ससुर, कलकत्ते के बालीगंज प्लेस में एक मकान छोड़ गए हैं।

वह मकान यूँ ही पड़ा है! उसके पति ने उसी मकान में रहते हुए, पढ़ाई-लिखाई की। लेकिन आजकल के जमाने के बच्चे, अब कलकत्ता में पढ़ने को तैयार नहीं होते, जबकि बच्चों को वहाँ रखकर पढ़ाने-लिखाने के लिए ही, देश-बंटवारे से पहले, वह मकान खरीदा गया था! जयश्री खुद भी कलकत्ते की लड़की थी। वहीं, दक्षिण कलकत्ता के रासबिहारी एवेन्यू में उसका जन्म हुआ, वहीं वह पली-बढ़ी। वहीं से उसका विवाह भी हुआ! ब्याह के बाद वह यहाँ, इस देश में चली आई।

यह सारा किस्सा अनुराग को बेहद अजीब लगा। बांग्लादेश के बारे में उसने जो सुना था, उस स्थिति में यह भी संभव है, यह विश्वास करने में उसे खासी परेशानी हुई। लेकिन विश्वास करना ही पड़ा। प्रमाण खुद उसके सामने था और खुद ही अपनी कहानी बयान कर रहा था। कैसी अजीब बात है! कलकत्ते की एक अदद लड़की के साथ विक्रमपुर की किसी अनजान-अकिंचन गाँव, बालाशूर में, बैठा-बैठा, वह गपशप कर रहा था। यह अहसास होते ही उसमें अजीब-सी सिहरन जाग उठी। लेकिन इसका एक विपरीत पक्ष भी था। भाग्यकुल बाजार में पाल लोगों के बर्फ के कारखाने के अलावा, धान-चावल कुटाई, तिल-सरसों पेरकर तेल निकालने की मशीन—सभी कुछ मौजूद था। बर्फ का इतना बड़ा कारखाना, विक्रमपुर इलाके में दूसरा नहीं था। पहले भी ऐसा कारखाना, यहाँ कहीं नहीं था। सन् इकहत्तर के मुक्ति-संग्राम के दौरान, पूरा का पूरा कारखाना, किसी ने दखल कर लिया था। उसका नाम था—निजामुद्दीन अहमद! उन दिनों सर पर जो मुसीबत गिरी थी। पाल परिवार उससे आज भी उबर नहीं पाया है। इसके बाद, धीरे-धीरे आड़ियल के दलदल में स्थित बड़े-बड़े पोखर, सैकड़ों बीघा जमीन किसी और के कब्जे में चला गया। इन विशाल-विशाल पोखरों को स्थानीय भाषा में 'भेंगा' कहते हैं! बर्फ के कारखाने को लेकर अभी भी मुकदमा चल रहा है! अब जो कुछ बच रहा है, घरवालों ने एक बार फैसला किया कि वह सब बेच डाला जाए। लेकिन अदालत ने पाबंदी की नोटिस जारी करके, ब्रिकी पर रोक लगा दी है। अगर वे बची-खुची जमीन-जायदाद बेच पाते, तो कोई राह निकल आती और वे लोग कहीं और चले जाते। कलकत्ते में ही उनके पास रहने की एक जगह तो है। जो लोग कभी उनके यहाँ चाकरी करते थे। उनलोगों के बेटों को मध्य पश्चिम, कोरिया, जापान तक भेजा और अब जाकर उनलोगों ने रुपए-पैसों का मुँह देखा। अब वही लोग अदब-कायदा भूल चुके हैं। आजकल सम्मान-रक्षा करना काफी मुश्किल हो गया है। अभी पिछले महीने ही, उनका एक मकान जबर्दस्ती दखल कर लिया गया। उसमें स्थित मंदिर तोड़-फोड़ डाला गया और वहाँ काठ-टिन लगाकर, एक मस्जिद बना डाली। जिसने यह करतूत की, वह कुछ सालों पहले तक, इस मकान में रात को पहरेदारी करता था। उस घर का पहरेदार था। वह उस घर के किसी बंदे ने बाधा नहीं दी! अगर वे लोग बाधा देते, तो भी नाकाम रहते। बाधा

देना फिजूल है, इसलिए उनलोगों ने एतराज भी नहीं उठाया। इस देश में गिनती के जो हिंदू बच रहे हैं, वे सब हर पल मानसिक यंत्रणा और दहशत में ज़िंदगी गुज़ार रहे हैं। नुरूलहुसैन जैसा इंसान आखिर कितने हैं? वैसे नुरूलहुसैन खुद भी तो इस देश में संख्या-लघु हैं। डर उन्हें किसी दूसरी जाति से नहीं, बल्कि अपनी ही जाति के लोगों से है।

नुरूलहुसैन का अपना कोई धार्मिक विश्वास नहीं था। लेकिन जिस जाति में उसने जन्म लिया था, अतः रिश्ते में वह मुसलमान था। मुसलमानों का मजहब इस्लाम है और इस्लाम के प्रवर्तक-मुहम्मद हैं! मुसलमानों में यह कैसा अद्भुत विश्वास है! मुहम्मद के नाम के साथ, एक ख़ास ब्रेकेटबंद शब्द इस्तेमाल न किया जाए, तो कहते हैं, वह गुनाह होता है। हालाँकि इसी शख्स ने एक नौसाला बच्ची से ब्याह करके, उसके साथ शारीरिक संबंध स्थापित किया। मुहम्मद ने अगर इस युग में जन्म लिया होता, तो वे शिशु-शीलहरण के जुर्म के अभियुक्त होते। सिर्फ इतना ही नहीं, जिस जमाने में मक्का नगरी में मुहम्मद का जन्म हुआ, उन दिनों मक्का नगरी एक समृद्ध जनपद था। दर्जन-दर्जन औरतें कवयित्री थीं! औरतें खुद ही कारोबार-वाणिज्य चलाती थीं। अर्थ-लोभ में उसी किस्म की एक अमीर औरत से मुहम्मद ने अपनी शुरुआती ज़िंदगी में विवाह भी रचाया था। हालाँकि खदीजा नाम की यह अमीर महिला, मुहम्मद से पंद्रह साल बड़ी थीं। कला, साहित्य, संस्कृति, अर्थनीति में समृद्ध मक्का नगरी को मुसलमान लोग 'अय्यामे जेहलतिया का युग! यानी चरम अन्धकार-युग! कहते थे मुहम्मद ने मुसलमानों को इसी तरह की सीख दी थी, जिसकी कोई वास्तविक बुनियाद नहीं थी। मुहम्मद अपने व्यक्तिगत् जीवन में कितने बेइमान थे, उसके बारे में तरह-तरह की मिसाल मौजूद है! वे जो कुछ भी, करते थे, अल्लाह की दुहाई देते हुए करते थे। अल्लाह की तरफ से उनको 'वही' हुक्म मिला है—यही कहकर, वे हर तरह का अन्याय करते थे। यहाँ तक कि अपनी काम-वासना की भूख-निवृत्ति की विकृत जरूरत भी, वे 'वही' की दुहाई देकर ही करते थे। मसलन, एक दिन सुबह-सुबह मुहम्मद अपने पालित बेटे-जावेद के घर, उसे बुलाने गए। लेकिन बेटा घर पर नहीं था। बेटे की बीवी नींद से अभी-अभी जागी थी। वही ससुर के सामने हाजिर हुई! सोने के वक्त औरत-मर्द, किसी के भी तन पर, घर से बाहर निकलने जैसी पोशाक नहीं होती। इसके अलावा ससुर और पिता में फर्क़ भी कहाँ होता है? जावेद की बीवी का नाम था—ज़ैनब! वह अपने जमाने की अपूर्व सुंदरी के तौर पर प्रसिद्ध थी। नींद से उठकर, जब वह अपने ससुर के सामने आई, मुहम्मद के अंदर एक और तरह का इरादा खेलने लगा। लेकिन अपना वह इरादा उन्होंने किसी पर जाहिर नहीं होने दिया। उन्होंने उसी दिन एलान किया कि आज उनके पास वही आई थी और आज ही जावेद को अपनी बीवी,

ज़ैनब को तलाक देना होगा। अपने वालिद के इस 'वही' का हुक्म सुनकर, जावेद ने जैनब को फौरन तलाक दे दिया। बेटे ने जब ज़ैनब को तलाक दे डाला, तब मुहम्मद से धीरज रखना मुश्किल हो गया। अगले ही दिन उन्होंने दूसरा एलान जारी किया कि अल्लाह की तरफ से 'वही' आया है कि आज ही वे खुद ज़ैनब से निकाह कर लें। उन्होंने ऐसा कर भी डाला। मुहम्मद की जिंदगी से जुड़ी ऐसी अनगिनत कहानियाँ मौजूद हैं, जिस पर कभी कोई चर्चा नहीं होती, न ही किसी को इसकी जानकारी दी जाती है!

मुसलमान लोग जिस कुरान को अपना धर्मग्रंथ बताते हैं, उस पर विश्वास करते हैं, क्या उस कुरान का इतिहास वे जानते हैं? हर मुसलमान यही विश्वास करता है कि कुरान कोई आसमानी किताब है। खुद अल्लाह ने वह धर्मग्रंथ मुहम्मद के जरिये इस दुनिया में भेजा है। लेकिन उसकी बुनियाद कहाँ है? आजकल जो कुरान उपलब्ध है, वह मुहम्मद द्वारा ही संपन्न हुआ है, इसका भी तो कोई ऐतिहासिक आधार नहीं है। कहते हैं, मुहम्मद की मौत के काफी बाद, अरब देशों के विभिन्न अंचल-उज़्बेकिस्तान, ताज़किस्तान, आजारबाइजान वगैरह जगहों में फैले-बिखरे असंख्य इंसान, जिन लोगों ने खुद मुहम्मद के मुँह से सुना था, उन सबको इकट्ठा करके, उनकी जुबानी सुनाई बातों की संकलित किया गया। जिस ख़लीफा के नेतृत्व में यह काम किया गया था, उन्होंने जितना जरूरी समझा, रख लिया, बाकी सब जला डाला। उक्त ख़लीफा ने जो कुछ रख लिया था, वही आज मुलसमानों का धर्मग्रंथ कुरान है। निष्पक्ष इतिहास के आधार पर अगर बात की जाए तो कुरान के बारे में एक ही बात कहना, तर्कसंगत होगा कि वह ख़लीफ़ा के नेतृत्व में संकलित कुरान है और वह उक्त ख़लीफा द्वारा संकलित ग्रंथ के अलावा और कुछ नहीं है या दुनिया के जिन निर्दिष्ट अंचलों से निर्दिष्ट लोगों को जमा करके, उनकी जुबानी सुनी-सुनाई बातों को लिपिबद्ध किया गया है, उन सबका संकलन है—कुरान! 'कुरान' मुहम्मद द्वारा रचा हुआ कोई ग्रंथ नहीं है। एक मज़ेदार बात यह भी है कि दुनिया का कोई धर्म-प्रवर्तक मुहम्मद की तरह नादान या अशिक्षित या अक्षरज्ञानहीन नहीं था। मुहम्मद ने अपने को दुनिया का आखिरी और श्रेष्ठ नबी कहा है। सिर्फ इतना ही नहीं, उन्होंने अपने को श्रेष्ठ इंसान भी कह डाला। लेकिन यह भला कैसे संभव है? मुहम्मद तो कंप्यूटर का आविष्कार नहीं कर सके। जिन्होंने कंप्यूटर का आविष्कार किया, वे तो मुहम्मद से भी ज़्यादा श्रेष्ठ है और क्या इसीलिए मुहम्मद यह कह गए हैं कि चौदह सौ हिजरी के बाद दुनिया में क्या घटेगा, वे नहीं जानते। तो क्या मुहम्मद का व्याप्ति-काल-चौदह सौ हिजरी तक ही है? लेकिन दुनिया तो इसके बाद भी कायम है! दुनिया तो सुदीर्घ काल तक कायम रहेगी। तो क्या चौदह सौ हिजरी के बाद, नबी या धर्म-प्रवर्तक कौन है? एक और बात, मुहम्मद क्या अपनी प्रतिष्ठा, अपने

द्वार प्रवर्तित मुहम्मदवाद के बारे में सचेतन थे? वे क्या जान गए थे कि चौदह सौ हिजरी के बाद, दुनिया में ज्ञान-विज्ञान इतना ज्यादा उन्नत हो जाएगा कि अब कोई भी उनका अवैज्ञानिक धर्म कबूल नहीं करेगा?

छः

अनुराग को लेकर, पाल के घर से होते हुए, नुरूलहुसैन जदू बाबू की कोठी पहुँचे। भाग्यकुल का यह मकान, किसी ज़माने में स्वर्ग जैसा सुंदर था। जदू नाथ चौधुरी काफी शौकीन व्यक्ति थे। दुनिया घूम-घूमकर विभिन्न देशों से खूबसूरत सामान इकट्ठा करके उन्होंने अपनी कोठी सजाई थी। उन तमाम खूबसूरत सामानों में, फूलों के पौधे सबसे अहम थे। सर्दी के मौसम की तो बात ही क्या, हर मौसम में यह कोठी, रंग-बिरंगे फूलों से सजी-धजी रहती थी। भाग्यकुल में जो चौदह घर-मकान थे, उनमें जदू बाबू की कोठी, सबसे ज्यादा आकर्षक थी कोठी में लॉन टेनिस के दो कोर्ट थे। सिर्फ देशी औरत-मर्द ही नहीं, अनुराग इस कोठी में विदेशी औरत-मर्दों को भी टेनिस खेलते देख चुके थे। अपने बचपन की उस आलीशान कोठी की ऐसी टूटी-फूटी दशा देखकर, अनुराग की छाती हाहाकर कर उठी। कोठी की दक्षिण तरफ जो विशाल तालाब हुआ करता था, उनके चार-चार घाटों में आज कोई भी सही-सलामत नहीं है। तालाब की पश्चिम दिशा में एक नट-मंदिर था। माइजपाड़ा से नहर के किनारे-किनारे चलकर, अनुराग नस्सू काका के साथ यह नट-मंदिर देखने आया करते थे! उसी नट-मंदिर की खंडहर हालत ने अनुराग को व्यथित कर दिया। किसी जमाने में, यहाँ कोई नट-मंदिर भी था, यह बात अगर बताई न जाए, तो किसी भी नवागन्तुक के लिए खुद अंदाजा लगाना मुश्किल था। उस नट-मंदिर में अब पाठशाला लगती है और तिल की डंठलों के झाड़ उगे हुए थे। जगह-जगह चूहों के बिल। अब इस कोठी पर सरकार के समाज सेवा विभाग का कब्जा था वहाँ वीरांगनाओं के लिए यतीमखाना खोल दिया गया था। सन् इकहत्तर में पाकिस्तानी हमलावर फौज के जोर-जुल्म की शिकार औरतों को यहाँ वीरांगना कहा जाता था। लेकिन अब यहाँ कोई वीरांगना नहीं रहती। अब यहाँ लगभग तीन सौ यतीम बच्चे रहते हैं। ख़ैर, यह कोठी किसी के निजी दखल में न होकर, यतीमों को अपने यहाँ पनाह दिए हुए थी, एक तरह से यह अच्छी बात है। अनुराग भट्टाचार्य ने अपने को तसल्ली दी।

जदू बाबू की कोठी का चक्कर लगाकर, वे दोनों तालाब के उत्तरी घाट पर आ बैठे। नुरूलहुसैन ने इस कोठी के फूलों की आखिरी निशानी-कनक चंपा के पेड़ से एक फूल तोड़ लिया।

उस फूल को हाथ में नचाते-नचाते, नुरूलहुसैन ने दुबारा कहना शुरू किया—'इस तालाब के चारों तरफ यह जो तुम पक्की पगडंडी के अवशेष देख रहे हो न, वहाँ हर शाम, जदू बाबू, अपनी तिपहिया गाड़ी में, टहलने आया करते थे। एक आदमी गाड़ी को पीछे-से धकेलते हुए, उन्हें सैर कराता था। यह उनकी रोज की आदत थी। अतिशय शौकीन शख्स थे। भाग्यकुल में जो शानदार रास मेला लगता था, वे उसके मुख्य पृष्ठपोषक थे। इस अंचल में खेल-कूद के भी अहम पृष्ठपोषक थे। उन्हीं के प्रयास से लक्खी नारायण मैदान, नामक भाग्यकुल में खेल का सबसे बड़ा मैदान बनाकर तैयार हो गया। इस मैदान में पूरे साल भर तक खेल-कूद चलता रहता था। 'मेघनाथ कप' नाम से जो फुटबॉल खेल प्रतियोगिता, इस कोठी से हर साल आयोजित की जाती थी, पूरे उपमहादेशों में यह फुटबॉल मैच बेहद चर्चित होता था। इस प्रतियोगिता में पूर्वबंग की ही विभिन्न फुटबॉल टीम हिस्सा लेती थी। ऐसी बात नहीं थी। कलकत्ते से भी ईस्टबंगाल, भवानीपुर समेत अन्यान्य क्लब भी शामिल होते थे। ईस्ट बंगाल का जन्म तो इसी भाग्यकुल में ही हुआ। बालाशुर नामक यहीं बीच के मकान में उस क्लब के घोषणा-पत्र का पाठ किया गया। समूचे विक्रमपुर में इतने बड़े फुटबॉल मैच का आयोजन और कहीं नहीं होता था। जदू बाबू लोग पूरे उपमहादेश से, सभी बड़े-बड़े यात्रा-दलों को, रासखेल के मौके पर, किराए पर भाग्यकुल बुलाते थे। उस रासखेल के बारे में अभी जरा ठहरकर बताता हूँ। वैसे भाग्यकुल के इसी राय बहादुर घराने की जमींदारी, सिर्फ विक्रमपुर तक ही सीमित नहीं थी। इन चौदहों परिवार का कलकत्ते में भी अलग-अलग मकान था। कुष्टिया के सिलाइदह में रवींद्रनाथ ठाकुर के खानदान की जो जमींदारी थी, उसे इन राय बहादुर के परिवार ने उनसे ख़रीद लिया था। हालाँकि अंग्रेजों की तरफ से उन्हें राय बहादुर और राय चौधुरी की उपाधि मिली थी, लेकिन उनके पुरखों ने कुंडू पदवी कभी नहीं छोड़ी। भाग्यकुल के कुंडू का जिक्र होने पर, इन्हीं चौदह परिवारों का नाम आता है। इस अंचल में जितने सब रास्ता-घाट, पानी के नल, नहर-झील, अस्पताल उन दिनों तैयार किया गया था, उनकी हर प्रतिष्ठा में उनलोगों का महत्वपूर्ण अवदान है।'

'जदू बाबू ने क्या इसी कोठी में अंतिम साँस ली थी?' अनुराग भट्टाचार्य ने सवाल किया।

'नहीं, इस कोठी में उनकी आखिरी साँस नहीं उखड़ी थी। लेकिन उनकी प्रबल इच्छा थी कि वे आखिरी साँस इसी कोठी में लें। देश-बंटवारे के बाद भी वे यह कोठी छोड़कर चले नहीं गए। बंटवारे के बाद भी वे इसी भाग्यकुल में रासलीला

आयोजित करते थे। लेकिन अब उस रासलीला में जान नहीं बची थी। जदू बाबू की जिंदगी की आखिरी रासलीला की याद बेहद तकलीफदेह है! हमेशा की तरह ही काफी सारा धन खर्च करके, उन्होंने रासलीला की तैयारी की। लेकिन उस बार उतनी भीड़ इकट्ठी नहीं हुई। इस बात से उन्हें बेहद तकलीफ हुई। यह बात उन्हें लोगों से पता चली कि स्थानीय मुसलमानों ने हिंदुओं की रासलीला वर्जित की थी। इसीलिए लोग-बाग कम आए। लेकिन किसी भी मुसलमान बंदे में इतनी हिम्मत नहीं थी कि वह जदू बाबू के सामने खड़े होकर खुले आम यह एलान करे कि उनलोगों ने इस उत्सव का बायकाट किया है। जदू बाबू ने तय किया कि अगले साल यह रास-उत्सव, वे स्थानीय लोगों के हाथों में सौंप देंगे, ताकि यह उत्सव चलता रहे। कोई भी बंदा इस उत्सव को धार्मिक या सांप्रदायिक नजरिए से न देखे, इसलिए वे स्थानीय लोगों की माँग मुताबिक इस उत्सव में कुछ सुधार-परिवर्तन भी करेंगे। हाँ, उस उत्सव में जितना ख़र्च होगा, उसका इंतजाम वे कर देंगे। वे तो बस, उत्सव चाहते थे। वे कोई धार्मिक संकीर्णता नहीं चाहते थे।

लेकिन अगले साल रास-उत्सव नहीं मनाया जा सका। जदू बाबू की कोठी के पहरेदार, दो नेपाली लोगों को, रात के अँधेरे में कोठी की पहरेदारी करते हुए कत्ल कर दिया गया। इस हादसे से वे बेहद मर्माहत हो उठे।

लेकिन वे डरे बिल्कुल नहीं! जो लोग बेतरह आशंकित हो उठे, वे थे जदू बाबू के नाते-रिश्तेदार! जो लोग देश के बंटवारे के समय, यहाँ से चले गए थे। उनमें से एक जर्मनी जा बसा था। काफी कोशिशों के बाद भी, जब उन्हें जदू बाबू की कोई खोज-ख़बर नहीं मिली, तब उन्होंने अंग्रेज के जरिए, पाकिस्तान सरकार को जदू बाबू के कुशल-समाचार की जानकारी देने के लिए खत लिखा। वह खत ढाका के ब्रिटिश कन्सुलर के कार्यालय में आ पहुँचा। वहाँ से पाकिस्तान सरकार के हाथों से गुजरकर पुलिस विभाग में आया। यह सन् 1965 की बात है। उन दिनों भारतवर्ष और पाकिस्तान में जंग छिड़ी हुई थी। इसी युद्ध के दौरान पाकिस्तानी फौज ने जदू बाबू की कोठी में ही एक कैंप खोला था। जूद बाबू की तबीयत काफी गिर चुकी थी। उन्हें कानों की तकलीफ रहने लगी थी। उनके नाते-रिश्तेदार उनके बारे में खोज-ख़बर क्यों ले रहे हैं, इस जुर्म में उस बीमार बंदे को, पुलिस और फौज ने मिलकर, उन्हें ज़ोर-जबर्दस्ती कोठी से खींचकर, पालकी पर सवार कर दिया। वहाँ से भाग्यकुल स्टीमर घाट तक! वह दृश्य मैंने अपनी आँखों से देखा है। जदू बाबू जोर-जोर से फूट-फूटकर रो रहे थे। सुना है कि पुलिस उन्हें भारत की सरहद तक पहुँचा आई थी।'

शाम गहरा आई थी। उस जीर्ण-शीर्ण कोठी में जो यतीम बच्चे रहते थे, वे सब वजू करने के लिए झुंड-झुंड घाट पर आ पहुँचे। वजू करने के बाद, टोपी पहनकर, सारे बच्चे एक ही दिशा में बढ़ने लगे। अचानक कोठी के अंदर, माइक पर अजान की आवाज़ें आने लगीं।

नुरूलहुसैन उठ खड़े हुए! जदू बाबू की कोठी पीछे छोड़कर, वे अनुराग को लेकर आगे बढ़ चले।

नुरूलहुसैन स्वगत बुदबुदा उठा, 'कोठी के अंदर पूरी की पूरी मस्जिद ही बना डाली है। जदू बाबू के खानदान की महिलाएँ, जिस कमरे में पूजा-पाठ किया करती थीं, उसी कमरे को मस्जिद बना दिया गया है।'

अनुराग खामोशी से उनकी बातें सुनता रहा। उसने अपनी तरफ से कोई मंतव्य नहीं दिया।

बालाशुर चौराहे तक आकर, दोनों ने एक रिक्शा ले लिया। अनुराग से मुखातिब होकर, नुरूलहुसैन ने दरयाफ़्त किया कि वह एक बार पद्मा नदी भी देखना चाहेगा या नहीं! अनुराग ने कोई एतराज नहीं किया, हालाँकि उसका मन माइज़पाड़ा में ही पड़ा हुआ था। लेकिन अब शाम हो चुकी थी, इसलिए माइज़पाड़ा जाने का इरादा, वह टाल गया। अगली सुबह वह किसी का निषेध नहीं सुनेगा। वह नुरूलहुसैन पर भरोसा करके, दिल्ली से चलकर माइज़पाड़ा देखने नहीं आया था। कल सुबह वह अकेले ही निकल पड़ेगा। माइज़पाड़ा देखकर, वहीं से सीधे ढाका चला जाएगा। वहाँ से दिल्ली लौट जाएगा, अपने चित्तरंजन पार्कवाले घर पहुँच जाएगा।

नुरूलहुसैन की हिदायत मुताबिक रिक्शा आगे बढ़ चला। पद्मा नदी तक पहुँचने से पहले ही, उन्होंने रिक्शा रोक देने को कहा। रिक्शे के सामने ही एक साइनबोर्ड। जल उन्नयन बोर्ड का कार्यालय! पद्मा नदी तक जाने के लिए जल-उन्नयन बोर्ड के दफ्तर से अनुमति या चिट लेना होता है? अनुराग ने ही अपने से सवाल किया। लेकिन, उसने नुरूलहुसैन से कोई सवाल नहीं किया। वह उसकी तरफ, बस, देखता रहा। इस बीच नुरूलहुसैन रिक्शे से उतर पड़ा। सामने पारिजात के फूलों का विशाल पेड़! कोई-कोई इसी पेड़ को नागलिंगम का पेड़ कहता था। इस फूल की गंध, अनुराग को कभी अच्छी नहीं लगी, फिर भी इस वक्त उन फूलों की गंध सूँघना, उसकी लाचारी थी। जब तक नुरूलहुसैन रिक्शे पर सवार नहीं होता, रिक्शा यहीं खड़ा रहेगा। और वह उस फूल की अप्रिय खुशबू लेने को लाचार होगा। किसी शख़्स ने बेहद आदर से नुरूलहुसैन की तरफ तीन बैटरियोंवाली एक टॉर्च बढ़ा दी। नुरूल ने उस टॉर्च की रोशनी अनुराग के चेहरे पर फेंककर, उसे रिक्शे से उतर

आने का इशारा किया। छड़ी के सहारे अनुराग रिक्शे से नीचे उतर आया। वैसे इस अँधेरे में रिक्शे से नीचे उतरने का बिल्कुल मन नहीं था। लेकिन वह नुरूलहुसैन के आग्रह की उपेक्षा भी नहीं कर पाया। चारों तरफ से किसी एक-मंज़िली यात्री-छावनी पर टॉर्च की रोशनी फेंकते हुए नुरूलहुसैन ने बताया यह छावनी जिसकी स्मृति में बनी है, उसका नाम-परिचय छत पर जड़े संगमरमर की शिला पर खुदा हुआ है। इतना कहते हुए उसने छत तले रोशनी फेंकी। उस पत्थर पर जो लिखा हुआ था, अनुराग एक साँस में पढ़ गया। यह सज्जन विलायत पढ़ने गए और वहीं अचानक उनका इंतकाल हो गया। उनका पार्थीव शरीर विलायत से देश में लाकर, उनका यहीं दाह-संस्कार किया गया और उन्हीं की याद में इस मुसाफिर-छावनी का निर्माण किया गया। अनुराग को यह बात बिल्कुल पसंद नहीं आई। वह मन ही मन नुरूलहुसैन पर किंचित खीज उठा। लेकिन नुरूलहुसैन को उस तरफ ध्यान देने की मानो फुर्सत ही नहीं थी। वह अनुराग को लेकर और अंदर तक की तरफ बढ़ने लगा।

चलते-चलते वह बताता भी गया, 'देखो, यह है कुंडू लोगों के चौदह शरीकों में से एक शरीक का घर! इसे ही तुम मूल घर कह सकते हो। जिन्होंने इस मकान की बुनियाद डाली थी। यानी कुंडू बंश से राय बहादुर बनने की शुरुआत की थी, उनका पान-सुपारी का कारोबार था। वे नाव में पंान-सुपारी लादकर, पद्मा नदी पार करके घाट में बेचने जा रहे थे। लेकिन कोई पुकार सुनकर, उन्होंने नाव रोक दी। कोई उससे नाव पर चढ़ा लेने के लिए विनती कर रहा था। लेकिन आस-पास किसी बंदे को न देखकर, वे किंकर्तव्यविमूढ़ हो आए! उसी समय, नदी के अतल जल से लक्ष्मी की एंक मूर्ति प्रकट हुई और उनकी नाव पर सवार हो गई। पान का कारोबारी होने के बावजूद, वे बुद्धिमान शख्स थे। उस दिन वे पान बेचने नहीं गए। वे घर लौट आए। उन्होंने लक्ष्मी को यथास्थान प्रतिष्ठित करके, उनका पूजन करने लगे। उसी वक्त से उनके परिवार की आर्थिक हालत तेजी से तरक्की करने लगी।'

इतना कहकर नुरूलहुसैन कुछेक पल को खामोश हो गए। इस क़िस्म की अवास्तविक कहानी, बिना कोई वाक्य खर्च किए, कबूल करना, अनुराग के लिए असंभव था।

'इस किस्से का कोई वास्तविक आधार भी है?' अनुराग हर बात में इसी तरह के सवाल किए जा रहे थे।

नुरूलहुसैन हँस पड़े।

'यानी ये किस्से आधारहीन हैं...?'

'यह तो मुझे नहीं पता!' तुम इसे किंवदंती मान लो।'

अनुराग ने बात और आगे नहीं बढ़ायी। वे नुरूलहुसैन के साथ-साथ चलते रहे। यहाँ नए सिरे से जल उन्नयन बोर्ड का दफ़्तर बनवाने के बावजूद, यह कंपाउंड

कभी किसी अमीर इंसान की रिहायशी कोठी थी, इसके ढेरों चिह्न यत्र-तत्र बिखरे पड़े थे। जिस रास्ते पर वे लोग चल रहे थे, उसकी निकली हुई ईंटे, युगों पुरानी हैं, इस पर भी आसानी से नजर पड़ गई। कोठी के अंदर तीन-तीन तालाब। हर तालाब की चारों तरफ युगों पुराने नारियल के पेड़ों की कतारें! तालाबों के घाट भी प्राचीनता की साक्षी देते हुए! वैसे अनुराग बचपन में भी इस तरफ कभी नहीं आए थे। इस कोठी के बारे में पहले कभी सुना हो, यह भी याद नहीं आया। बहरहाल, इस कोठी में अनुराग की कोई दिलचस्पी नहीं थी।

वे दोनों दुबारा रिक्शे पर आ बैठे। भाग्यकुल बाजार तक पहुँचकर, उनका रिक्शा फिर रुक गया। लेकिन बचपन में देखे गए बाजार से, आज के बाजार का कोई मेल उसे नजर नहीं आया। किसी बाजार के ऐसे आमूल परिवर्तन की उसे बिल्कुल उम्मीद नहीं थी। इसकी उसे कल्पना भी नहीं थी।

रिक्शा छोड़कर वे दोनों पद्मा के किनारे-किनारे चलने लगे। पद्मा नदी भाग्यकुल के बाजार से बहती हुई। इस नदी ने भाग्यकुल को बहुत कुछ दिया है। खैर लूटा भी बहुत कुछ है। भाग्यकुल का पूरा का पूरा मूल बाजार, पद्मा नदी निगल गई थी। पद्मा के दंश से बचने के लिए ही बाजार जरा पीछे सरक गया था। पहले जो स्टीमर-घाट हुआ करता था। अब उसका कोई नामोनिशान नहीं था। लेकिन इसमें पद्मा का शायद कोई कसूर नहीं था। अधिकारियों ने इस तरफ की स्टीमर-सर्विस उठा ही दी थी। देश-विभाजन से पहले, इसी रास्ते से पूर्वी बंगाल के लोग गोपालन्द होकर कलकत्ता जाया करते थे। अब वह सिलसिला बंद हो चुका था। जिन लोगों को कलकत्ता जाने की जरूरत होती है, वे लोग पासपोर्ट, वीसा बनवाकर, आकाश-मार्ग से कलकत्ता चले जाते हैं। कोई-कोई सड़क के रास्ते से बेनापोल होकर जाते हैं। भाग्यकुल या गोपालंद की अब कोई अहमियत ही नहीं रही।

पद्मा की ओर देखते हुए अनुराग का मन बेतरह उदास हो आया। विशाल आकार में रेतीला तट! नुरूलहुसैन अगर न बताते, तो वह इसे तट माने इसमें संदेह था। इस रेत ने भरी उफनाती नदी की खूबसूरती बिल्कुल ही नष्ट कर दी है। उस रेत पर कई-कई बस्तिया सिर उठाकर खड़ी हो गई हैं। भाग्यकुल बाजार में, जिस जगह वे खड़े थे, वहाँ से वह रेतीला तट बिल्कुल साफ नजर आ रहा था। उस रेत और बाजार के बीच, जो पद्मा नदी बह रही थी, उसे ठीक-ठीक नदी नहीं कहा जा सकता। हद से हद उसे नहर कहा जा सकता था। उसे बताया गया कि यहाँ से कई मीलों तक रेत पार करने के बाद, मूल पद्मा नदी के दर्शन होते हैं। बहरहाल अनुराग को वहाँ तक जाने का न तो शौक था, न शारीरिक बल!

सात

रात नुरूलहुसैन के यहाँ अनुराग जब खाने बैठे, तो अजब संकोच से गड़ गए। यूँ भी रात को वे खास कुछ नहीं खाते। भात खाने का तो सवाल ही नहीं उठता था। लेकिन नुरूलहुसैन की बीवी ने रात के खाने में पुलाव-माँस पकाया था। इस उम्र में रात के वक्त पुलाव-मांस खाना साक्षात् काल को न्योता देना है। अनुराग ने सविनय खाने की अनिच्छा जाहिर की। उनका निवेदन सुनकर, नुरूलहुसैन से ज्यादा, उनकी बीवी आवाक् रह गई। दोपहर को उन्होंने अनुराग को जो खिलाया था, वह तो मेहमान के खातिर-तवाजों में पड़ता ही नहीं था। मेहमान को अगर पुलाव नहीं खिलाया, तो मेहमान की क्या खातिर की? कुछ इसी किस्म की राय, उनकी पत्नी के दिल में गहरे पैठी हुई थी। सिर्फ अनुराग ही ऐसी राय नहीं रखते थे। विक्रमपुर की अधिकांश गृहिणियों में यही राय प्रचलित थी। नुरूलहुसैन की बीवी को अपने मेहमान की उम्र और शारीरिक हालत पर सोचने की फुर्सत ही नहीं मिली। अनुराग इस अंचल के बाशिंदों की मेहमानवाजी के बारे में अर्से से सुनते आए थे। आज उन्होंने अपनी आँखों से देख लिया। बहरहाल गृहिणी को हताश करने का उनका कोई इरादा नहीं था। लेकिन वे निसहाय थे। रात को गुनगुना दूध पीकर वे सोने चले गए।

नुरूलहुसैन ने आज अपना बिस्तर अनुराग के लिए छोड़ दिया था। इस किस्म की घटना अनुराग के जीवन में पहली बार घटी थी।

अनुराग अगर सीमारेखा का बड़ा भाई न होता, तो क्या ऐसा स्वागत होता?—सीढ़ियों से नीचे उतरते-उतरते नुरूलहुसैन ने मन ही मन अपने से सवाल किया।

पीछे से अनुराग की पुकार पर, वे दुबारा दूसरी मंजिल पर आ पहुँचे।

'सुनो, थकान तो बहुत लग रही है। आसानी से नींद आ जानी चाहिए थी। लेकिन नींद नहीं आ रही है। नींद कब आएगी, यह मैं भी नहीं जानता। तुमसे जो गर्मजोशी, और स्नेह-प्यार मिल रहा है, इसकी मैंने उम्मीद नहीं की थी। यह

मेरे जीवन भर की अमूल्य संपदा होगी। आज की रात तुम्हारे यहाँ गुजारूँगा। मैंने कल्पना भी नहीं की थी।' अनुराग ने आभार प्रकट किया।

'ऐसी बात मत करो। हम तो तुम्हारे लिए कुछ भी नहीं कर पाए।'

'अगर तुम्हें परेशानी न हो, तो कुछ देर मेरे पास बैठो न! इस किस्म की रात हमने कभी नहीं बिताई। आगे भी कभी ऐसी रात का मौका मिलेगा, मुझे नहीं लगता।'

'नहीं, नहीं, परेशानी कैसी? मैं बैठता हूँ न, तुम्हारे पास!'

'तुम जैसे इंसानों की तादाद अगर ज्यादा होती, तो देश का बंटवारा हरगिज नहीं होता। बंटवारा संभव ही नहीं था।'

हुसैन खामोश बैठे रहे। घूम-फिरकर उन्हें सीमारेखा की याद आती रही! यदि देश का बंटवारा नहीं हुआ होता, तो सीमारेखा भी नहीं बिछड़ती।

'सुनो, अभी भी मेरी समझ में नहीं आता कि देश को बांटे बिना, क्या काम नहीं चलता?'

'शायद चल जाता था शायद चलता।'

'नहीं, खामख्याली नहीं, बिरादर!'

'नहीं, यह मेरी खामख्याली नहीं है। देश का अगर बंटवारा न हुआ होता, तो हमलोग एक मिली-जुली संस्कृति, लेकिन पूरी तरह बंगाली सांस्कृतिक परिवेश में साँस ले पाते। आज यह जो चारों तरफ, जिस तरह कट्टरतावाद फिर उठा रहा है, जिस तरीके से आदर्श शिक्षा के नाम पर, तालेबानी शिक्षा-दीक्षा के लिए मदरसे पर मदरसे खुलते जा रहे हैं, कम से कम वह तो नहीं होता। मदरसे की तालीम पाकर, जो लोग शिक्षित होते हैं, उनमें अगर कोई कोमल-नाजुक वृत्ति बच भी रहती है, तो वह अंकुर की स्थिति में ही नष्ट कर दिया जाता है।'

'चलो, रहने दो ये बातें–'

'कैसे रहने दूँ, बताओ? यह जो समूचे देश में हजारों-हजार मदरसे खुले हैं, उन मदरसों से लाखों-लाख विद्यार्थी निकल रहे हैं, वे लोग तो निरे पंगु और दूसरों पर निर्भरशील होकर निकल रहे हैं। इस देश में वे लोग बोझ हैं। बंगाली जाति के लिए तो यह महा-भयंकर है, क्योंकि उनलोगों को ऐसी ही शिक्षा देकर छोड़ा जा रहा है। उन्हें यह सिखा-पढ़कार भेजा जा रहा है कि मुसलमान ही दुनिया की सर्वश्रेष्ठ जाति है। मुसलमान चाहे खून करें, बलात्कार करें, राहजनी करें, बटमार हों, फिर भी वह श्रेष्ठ है। चूँकि वह मुसलमान है, इसीलिए श्रेष्ठ है। उनलोगों का एक काल्पनिक बहिश्त है। उस बहिश्त में मुसलमान है, इसीलिए श्रेष्ठ है। उस बहिश्त में मुसलमान के अलावा और किसी को प्रवेशाधिकार नहीं है जो मुसलमान नहीं है, वह काफिर है। काफिर की हत्या करने में कोई गुनाह नहीं है, बल्कि पुण्य होता है। जन्नत

के दरवाजे, काफिरों के हत्यारों के लिए खुले हुए हैं। मदरसों में यही सब तो शिक्षा दी जाती है।'

'लेकिन, वो देश-त्याग की बात?'

'देशत्याग न करते, तो इस बांग्लादेश में ही हिंदुओं की जनसंख्या लगभग साढ़े तीन करोड़ हो गई होती। लेकिन, अभी देखो, लगभग एक करोड़ है। अभी भी हर रोज चार सौ पचहत्तर लोग और हर साल एक लाख तिहत्तर हजार तीन सौ पचहत्तर हिंदू हमेशा के लिए बांग्लादेश छोड़कर जा रहे हैं। अगर वे लोग चले न गए होते तो यह देश आज अर्थनीति, राजनीति, सांस्कृतिक समेत सभी अन्यान्य क्षेत्रों में और ज्यादा उर्बर, और ज्यादा समृद्ध, और ज्यादा मेधावी होता।'

'यह तो वर्तमान स्थिति है...'

'इस स्थिति की शुरुआत देश-विभाजन यानी सन् सैतालिस या उससे भी पहले शुरू हो गई थी।'

'असल में इतिहास के छात्र के तौर पर मैंने जो समझा है, वह तुम्हारे बयान से मिलान करना चाहता हूँ! मैं तुम्हारी राय जानना चाहता था।'

'देखो, मैं खुद किसी धर्म में विश्वास नहीं करता। धर्म इंसान को बांटता है! रवींद्रनाथ ने कहा था—जो धर्म इंसान को इंसान से अलग करता हो, वह धर्ममोह है; और जो धर्म वृहदतर मिलन के जरिये मुक्ति के पथ पर ले आए, वही धर्म श्रद्धेय है। लेकिन जिस धर्म को मुद्दा बनाकर उपमहादेश को बांटा गया, खून की नदी बहायी गई, सिर्फ खून की गंगा ही नहीं बहाई गई, हत्या, लूट-मार, बलात्कार, असहाय-निरुपाय लोगों के हाहाकार, आगजनी और साथ ही करोड़ों-करोड़ों रुपयों की संपत्ति नष्ट कर दी गई—इन सबको हम क्या कहेंगे? रवींद्रनाथ की मैं ईश्वर मानकर पूजा करता हूँ! रवींद्रनाथ ही मेरे धर्म हैं। लेकिन, आज वे जिंदा नहीं है। देश-विभाजन का वीभत्स इतिहास उन्होंने नहीं देखा। आज अगर वे ज़िंदा होते तो मैं उनसे पूछता कि धर्म के नाम पर जो कुछ किया जा रहा है, जो हो रहा है, उसे हम क्या कहें?'

'तुम तो तैश में आ गए।'

'नहीं, तैश में आने की क्या है? देखो, हम मुसलमानों की बात कर रहे हैं! हिंदू लोग धर्मनिरपेक्षता की बात करते हैं। क्योंकि वे लोग डरपोक हैं और मुसलमानों के खौफ से सहमे रहते हैं। जहाँ मानसिकता ही एक-दूसरे के विपरीत है, वहाँ हिंदू-मुसलमान साथ-साथ रहते कैसे हैं? देश-विभाजन तो अनिवार्य हो उठा था! मैं एक और बात कहूँ, इस्लाम धर्म में धर्मनिरपेक्षता के लिए कोई जगह नहीं है; गणतंत्र के लिए कोई जगह नहीं है। दुनिया के अधिकांश इस्लामी देशों पर नजर डालो, सभी देशों में एक ही नायक का राज है। गणतंत्र नहीं होता, धर्मनिरपेक्षता भी नहीं होती।'

'हाँ, बेटी के पास, जेनेवा गया था। वहाँ मैं अरब लोगों की बर्बरता देख

चुका हूँ।'

'जेनेवा में तुम्हें अरब कहाँ से मिल गए?'

'वह जुलाई का महीना था! गर्मी का मौसम! युरोप के पेड़ और इंसानों के मन हरियाली से भरेपूरे! रंग-बिरंगे फूलों से समूचा जेनेवा खिला-निखरा हुआ! औरत और फूलों की खूबसूरती मिलकर एकमेक हो गई थी! लेकिन इस परिवेश में हर दिन शाम को, जेनेवा शहर की सबसे आकर्षक जगह, जेनेवा लेक के किनारे-किनारे, बुर्का ओढ़े औरतें घूमती-फिरती हैं। लोग हँसी-मजाक में उन्हें 'खजूर' बुलाते हैं। यानी खजूर के देश की औरत।'

'तब तो, 'तेल' पुकारते, तो ज्याद मेल खाता।'

'खैर, यह बात छोड़ो। वहाँ अधिकांश बुर्कापोश औरतों के साथ कोई मर्द नहीं होता। कोई अकेली-अकेली ही, कोई झुंड में घूमती फिरती थीं।'

'वे औरत अरब देश से क्या अकेले ही वहाँ पहुँची थीं?'

'अरे, नहीं, नहीं, अपनी औरतों को लेक-किनारे टहलने के लिए भेजकर, अरब मर्द पाँच सितारा होटलों में इटालियन, जर्मन, रूसी औरतों के साथ वक्त गुजरते थे। इन सब सेज-संगिनी युरोपीय औरतों को अरबी भाषा सीखना जरूरी होता है। ऐसी औरतें जुटाने के लिए अरब लोग पूरे साल भर तक जेनेवा में अपने आदमी तैनात रखते हैं।'

'यह तो काफी ख़र्चीला मामला है।'

'तुम खर्च की क्या बात करते हो? वे लोग पाँच सितारा होटलों में एक-दो कमरे या सूट किराए पर नहीं लेते, पूरी एक मंज़िल ही किराए पर लेते हैं। कोई-कोई तो एक नहीं, कई-कई मंज़िलें किराए पर लेते हैं और वह एक-दो रोज के लिए नहीं, कई-कई महीनों के लिए! सुना है, इन सब शेखों के जूते रखने के लिए ही कई-कई सूट की जरूरत पड़ती है।'

'उनकी बीवियाँ भी तो अपने लिए युरोपीयन ब्वायफ्रेंड जुटा सकती हैं—'

'नहीं, यह नामुमकिन है! ये अरब शेख अपनी बीवियों से ऐसा बर्ताव करते हैं, जिसके आगे मध्ययुग भी हार मान ले! इन औरतों के साथ वे हमेशा धोखाधड़ी करते हैं और यह परंपरा युग-युगों से चली आ रही है। उनकी बेइमानी और धोखेबाज़ी की कहानी अभी तक कभी प्रकाशित नहीं हुई।'

'मुझे भी इस तरह की एक घटना की जानकारी है। मेरे पड़ोसी गाँव का एक लड़का, मक्का में बिजली-मिस्त्री का काम करता था। एक दिन किसी शेख के यहाँ उसे तलब किया गया। उस घर में, वह अपने काम में जुटा हुआ था। अचानक उसने देखा, एक बेहद खूबसूरत औरत। नंग-धडंग, उसके सामने आ खड़ी हुई। पहले तो वह लड़की, उस लड़के को निरी पागल लगी और वह उसके घरवालों को आवाज

देने ही जा रहा था लेकिन उस अरब औरत ने उस लड़के के मुँह पर हाथ रखकर, उसे खामोश कर दिया। वह लड़का अरब का क़ानून जानता था यानी अगर वह पकड़ा गया। तो उस पर पत्थर बरसाकर, उसकी हत्या कर दी जाएगी। उस अरब औरत के चंगुल से बचने के लिए, सिर पर पाँव रखकर भाग खड़ा हुआ। जो औरत नंग-धडंग हालत में, अपनी शारीरिक भूख मिटाने के लिए उस नौजवान बिजली-मिस्री के पास आई थी, वह इकसठ साला गृहकर्ता की आखिरी बीवी थी। जब मैंने यह घटना सुनी, तब अरब औरतों के प्रति अरब मर्दों की मक्कारी की एक तस्वीर मेरी आँखों में बस गई।'

'अरब शेख हर जगह मनमानी हरकत करते फिरते हैं। जेनेवा के एक प्रसिद्ध अख़बार में एक खबर छपी थी। मुझे तो फ्रेंच पढ़ना आता नहीं था। मेरी बेटी ने ही वह खबर 'अनुवाद करके मुझे सुनाई थी। एक अरब शेख अपने दल-बल समेत, जेनेवा के किसी बाजार में सौदा-सुलुफ खरीदने पहुँचा। बाजार खुले रहने का निर्धारित समय बीत जाने पर भी, वह बाजार से बाहर नहीं निकला। जब उससे बाजार से बाहर निकल जाने को कहा गया, शेख इसे अपनी बेइज्जती समझकर, मारे गुस्से के आपे से बाहर हो गया। उसने भयंकर दंभ से यह जानना चाहा कि उस समूचे बाज़ार की क्या कीमत है, वह बाजार खरीद लेगा! अभी और इसी वक्त! बाजार का अंग्रेज दरबान, अरब शेख का यह दंभ देखकर ज़रा भी अवाक नहीं हुआ। वह मुँह दबाकर हँसने लगा।—तो यह है, अरब शेखों की हरकत! वे लोग इस तरह की फिजूलखर्ची करके, रुपए बर्बाद करते हैं। लेकिन यही अरब अपने व्यवसाय-प्रतिष्ठानों में या घर में काम करनेवाले कर्मचारियों को ठीक-ठीक तन्खाह नहीं देते। पूरी तन्खाह हड़प जाते हैं।'

'अब तुम मेरी बात सुनो। मुहम्मद भी जंग में जो इलाके जीत लेते थे, उन इलाकों में सभ्यता के जो-जो निशान होते थे। मसलन् लाइब्रेरी, म्यूजियम वगैरह ध्वंस कर देते थे। अपने मत की प्रतिष्ठा में कोई बाधा न दे, इसलिए वे यह सब करते थे। लेकिन अगर उनका वाद इतना ही श्रेष्ठ था, तो यह सब ध्वंस करने की भला क्या जरूरत भी? जो श्रेष्ठ है, वह तो यूँ भी प्रतिष्ठित होगा। प्रतिद्वंदी से आखिर इतना भय क्यों? उनके उसी अरब देश के शेख भला दंभी क्यों न हो! अगर वे दंभी-स्वेच्छाचारी नहीं होंगे, तो कौन होंगे?'

जवाब में अनुराग कुछ कहने ही जा रहा था, लेकिन अचानक बिजली गुल हो गई, इसलिए उसकी बात अनकही रह गई। नुरूलहुसैन के हाथ में टॉर्च थी। बिजली आने-जाने के खेल का वह अभ्यस्त था। शाम होते ही, हाथ में दो बैटरीवाली टॉर्चलाइट रखना, उसके अभ्यास में शामिल हो चुका था। नुरूलहुसैन ने खिड़की से टॉर्च की रोशनी नीचे फेंकते हुए, उसने रोशनी ऊपर दे जाने के लिए हाँक-डाक

शुरू कर दी। उसके बड़े बेटे-बहू उसे एक लालटेन थमा गए।

अनुराग उस लालटेन की तरफ एकटक देखता रहा। उसने कोई बात नहीं की। अर्से बाद, उसने ऐसी कोई चीज देखी। पुराने जमाने की लालटेन के साथ, इस लालटेन की धातु में एक फर्क था। उनके माइजपाड़ा के मकान में जो लालटेनें जलाई जाती थीं, वे पीतल की हुआ करती थीं। घरेलू काम करनेवाला सुनिश्चित बंदा, हर रोज ही उन लालटेनों को पोंछकर साफ किया करता था। वह इमली की पत्तियों घिस-मांजकर, लालटेनों को चमकाये रखता था। नुरूलहुसैन के घर में मौजूद लालटेन में चिमनी वगैरह, सभी कुछ थीं, लेकिन उसकी बॉडी पीतल के बजाय टिन की थीं। खैर, है तो आखिर लालटेन ही। अनुराग के बचपन की साथी! छुटपन की यादें! लालटेन जीवन का अनिवार्य अंग हुआ करती थी। फिर भी कैसी अजीब बात है! इस अनिवार्य चीज के बिना ही। उन्होंने प्रायः समूची ज़िंदगी गुज़ार दी! यह सब सोचते हुए अनुराग जाने कैसे तो हो आए। माइजपाड़ा के मकान की लालटेन के बिना ही। उन्होंने अपनी प्रायः समूची जिंदगी गुज़ार दी। यह सोचकर वे सच ही परेशान हो उठे। लेकिन अब तो माइजपाड़ा का मकान ही तो उनकी जिंदगी से काफी दूर खिसक गया। जिस मकान में उनका जन्म हुआ, उन्होंने अपनी सारी जिंदगी, उस मकान के बाहर-बाहर गुज़ार दी।

लालटेन बुझाने का तरीका समझाकर, नुरूलहुसैन नीचे उतर गए। वैसे वे रात दस बजे तक सो जाते थे। लेकिन, आज वे अनुराग से घंटे भर बातें ही करते रहे। चूँकि घड़ी पर उनकी नजर पड़ी थी, इसलिए इतनी देर हो गई। अपने शरीर सेहत के बारे में नुरूल काफी सजग थे। इसलिए नहीं कि अब उनकी उम्र हुई, बल्कि इसलिए कि बहुत पहले से ही उन्हें इसकी आदत पड़ चुकी थी। जवानी में उनके चार-दोस्त, उन्हें हीरो उत्तम कुमार कहकर बुलाते थे। नहीं, चार-दोस्त नहीं, उनके सहपाठी। उनकी दोस्त तो बस, एक ही थी! सीमारेखा भट्टाचार्य!

आज उनके सोने का इन्तजाम उनकी बीवी के बिस्तर पर ही कर दिया गया था। वे आखिरी बार, इस बिस्तर पर कब सोए थे, अब तो उन्हें याद नहीं थीं। चूँकि आज रात उनका मेहमान था, इसलिए नुरूलहुसैन की बीवी के लिए यह अतिरिक्त प्राप्ति थी। नुरूलहुसैन के लिए भी! सुबह अनुराग को क्या नाश्ता दिया जाए, इस बारे में मियां-बीवी में सलाह-मशविरा होता रहा। बात करते-करते वे जाने कब तो नींद में खो गए।

आठ

...समूचा माइजपाड़ा ज्वार के पानी में बह गया था। कुल जिस रास्ते में स्कूल आया-जाया करता था। आज वह जल के नीचे साँस बंद किए पड़ा था। अब इतना भयंकर परिवर्तन हो गया था। अभी कल तक जिस राह से होकर अनुराग स्कूल आता-जाता था वह रास्ता अब पूरे छः महीने तक यूँ ही साँस बंद पड़ा रहेगा। जिस मैदान में अभी पिछली शाम तक वह अपने साथियों के साथ कबड्डी खेलता रहा था। आज वह मैदान ज्वार की ऊफान तले गुम हो गया था। कबड्डी खेलने के लिए उनलोगों ने जिस जगह बीचोंबीच बड़े उत्साह से लकीर खोदी थी, बारिश में वह पानी तले डूबी रहेगी। रेत के निशान उस लकीर को ढंक लेंगे। अगहन के महीने में जब पानी उतरेगा, तब वे निशान ढूँढ़ने पर भी नहीं मिलेंगे। वहाँ नए सिरे से सीधी लकीर में, कुदाल से मिट्टी काटकर कबड्डी के लिए कोर्ट बनाना होगा। कुदाल से मिट्टी काटकर, दूर तक लंबी लकीर बनाना, उस मिट्टी को हटाना, अनुराग के लिए बेहद तकलीफदेह होता है। वह मिट्टी को मिट्टी से अलग नहीं करना चाहता, फिर भी लकीर काटने के लिए उसे मिट्टी खोदना पड़ता था। दाड़ियाबांधा में भी निशान बनाते हुए, उसे यही करना पड़ता है। वह अपनी तकलीफ की बात किसी को बता भी नहीं सकता। सब उस पर हँसेंगे। हमउम्र साथियों की हँसी उसे अपमानित करेगी। यह अपमान उसके बर्दाश्त-बाहर है। वह अपने सीने में गहरी टीस दबाए, मिट्टी से मिट्टी को जुदा करने की तकलीफ सहता रहता था। मिट्टी को जैसे कुदाल से खोद-खोदकर लंबा खड्डा बनाया जाता है, उस पर जितनी तरह का अत्याचार किया जाता है, मिट्टी अगर उसका प्रतिवाद कर पाती, अगर उसमें विरोध की क्षमता होती, तो इंसान शायद उससे हार जाता। मिट्टी का वह मुकाबला नहीं कर पाता। लेकिन मिट्टी इंसान के अत्याचार चुपचाप कबूल कर लेती है। हर तरह के ज़ोर-जुल्म, यंत्रणा बर्दाश्त करती रहती है। क्या इसीलिए अति धैर्यवान इंसानों को मिट्टी का इंसान कहा जाता है?

...चूँकि ज्वार में सारा कुछ बह गया था। इसलिए अनुराग को आज स्कूल नहीं जाना पड़ा। बारिश के दिनों में जो बंदा उसे नौका में बिठाकर स्कूल छोड़ आता था, उसका नाम था—हाफ़िज़ ख़ाँ!

उस दिन सुबह-सवेरे नींद से जागते ही, उसने अपना माथा पीट लिया। नाव के अंदर उसने हीजेल की डालों का गट्ठर और अमन धान की बिचाली, पानी में डुबाए रखा था। हर हफ्ते वह अपनी नाव को तालाब के बाहर निकाल लाता था। नौका पानी से बाहर निकालने से पहले, वह उसे पूरी तरह जाली से ढँक देता था। जैसे ही वह नाव को तट पर लाने के लिए खींचता था, नला मछलियों का एकदम से उछल-कूद शुरू हो जाता था। इन मछलियों ने धान की बिचाली और हीजल डाल के गट्ठर में अपना घर बना लिया था। लेकिन एक भी मछली भाग नहीं पाती थी। हाफ़िज़ ने ख़ाँ पहले से ही जाल से ढँककर, उनके भागने की सारी राहें बंद कर रखी थीं। नौका से सारा पानी निकालने के बाद, जितनी मछलियाँ मिलती थीं, उनसे डोलची या टोकरी नहीं, पूरा कठौता भर जाता था। अनुराग की माँ वे मछलियाँ अड़ोसी-पड़ोसी, नाते-रिश्तेदारों के यहाँ भेज देती थी। खुद अपने घर में आखिर कितनी मछलियाँ खाई जा सकती थीं? हाफ़िज़ ख़ाँ के अब्बा, अनुराग के यहाँ जिंदगी भर गुमाश्ते की नौकरी करते थे। ताफ़ीज़ ख़ाँ जब बीमार रहने लगे और घर बैठ गए, तो पिछले कुछेक सालों से हाफ़िज़ ख़ाँ अपने अब्बा की जगह नियुक्त हो गया। सुना है, ताफ़ीज़ ख़ाँ मछलियाँ पकड़ने में माहिर थे। हाफ़िज़ ख़ाँ की मत्स्य-तकदीर अच्छी है! लेकिन उसके अब्बा जितनी अच्छी नहीं थी।

जिस पोखर में नाव बंधी थी, अभी कल तक वहाँ गले-गले पानी था। लेकिन आज ज्वार के लिए ऊफान में समूचा पोखर पानी से लबालब भर गया था और मेले के मैदान, पगडंडी तक पानी की लहरें उमड़ आई थीं। नाव तो बारह हाथ पानी के नीचे डूब गई थी। अब नाव वहाँ से ऊपर उठाना होगी। हाफ़िज़ ख़ाँ एक मोटी-सी रस्सी लेकर पानी में उतर गया। नाव जहाँ डूबी हुई थी, वह निशानी तय करके, हाफ़िज़ ख़ाँ पानी में गुम हो गया। कुछ देर बाद बुलबुले उठाते हुए, वह दुबारा पानी के ऊपर आ गया। जब वह पोखर किनारे आकर बैठा, वह हाँफ रहा था। लेकिन वह अपने हाथ में जो रस्सी लिए, पानी में उतरा था, उसका सिरा हाफ़िज़ ख़ाँ के हाथ में ज्यों का त्यों थमा हुआ था। रस्सी के सिरे को छोड़कर, बाकी हिस्सा पानी में डूबा हुआ था। थोड़ी देर दम लेकर, वह रस्सी के सिरे को पास के हीजल पेड़ की जड़ से लपेटकर खींचने लगा। थोड़ी ही देर में पेड़ की जड़ के पास रस्सियों

का अंबार लग गया और डाल-पत्तों समेत नाव पोखर के किनारे आ लगी। हाफ़िज़ ख़ाँ ने हीजल डाल के पत्ते, झटकारी हुई बिचाली, सारा कुछ साफ कर डाला। आज नाव में एक भी मछली नहीं थी। नया पानी पाकर तमाम मछलियाँ एकदम से बह बयी ज्वार के पानी में पूटी मछली अपना रंग बदल लेती है। पूटी मछलियाँ लाल-सुर्ख रंग ओढ़ लेती हैं। उनके पेट में अंडे भरे होते हैं। पूटी मछली के अंडे अनुराग को कभी पसंद नहीं थे। उसे तो बेले मछली के अंडे पसंद थे।

उस नाव को नारियल के छोबड़े और पुराने जाल के चीथड़ों से नाव को घिस-मांजकर चमकाने में, हाफ़िज़ ख़ाँ को पूरा दिन लग गया। नाव पूरे छः महीने तक पानी तले डूबी हुई थी। इन छः महीनों में नाव पर काई कम तो नहीं जमी थी। नाव की साफ़-सफाई करके, घर के करीब जो खाली जगह पड़ी थी, नाव को वहाँ ले जाकर, हाफ़िज़ ख़ाँ ने उसे एक पेड़ से टिकाकर रख दिया। पानी में भींगी हुई नाव की लकड़ी ने धूप में सूखने में पूरे दो दिन लगा दिए। इसके बाद, उसने पूरी नाव पर कोलतार पोत दी। अब पूरी बारिश भर यह कोलतार, पानी के हमले से नाव की लकड़ी और नाव की रक्षा करेगी। कोलतार की गंध अनुराग को बेतरह़ खींचती थी। वैसे नेपथलिन की गंध भी उसे कम नहीं खींचती थी। बड़े होकर उसे पता चला कि इन दोनों चीजों का जन्म एक ही चीज से हुआ है। उसे एक और चीज भी बेतरह खींचती थी। बारिश के बाद, मिट्टी से एक तरह की मीठी-मीठी गंध आती है। अनुराग को वह गंध भी बेहद प्रिय थी। उस गंध का क्या तो नाम है? सोंधी खुशबू? मिट्टी की सोंधी-सोंधी खुशबू!

कौओं की काँव-काँव की आवाज से पहले ही अनुराग की नींद टूट गई। यह उनकी काफी दिनों की आदत थी। आज भी उनकी नींद काफी सुबह-सुबह टूट गई। नींद टूटते ही उन्हें मुर्गे की बांग सुनाई दी। कितने सालों बाद वे मुर्गे की बांग सुन रहा था, उन्हें याद नहीं आया। माइजपाड़ा छोड़कर जाने के बाद, उन्हें दुबारा कभी मुर्गे की बांग सुनाईं दी हो, उन्हें ख्याल नहीं आया। मुमकिन है, उन्होंने उसके बाद भी वह आवाज सुनी है।, मुमकिन है न सुनी हो। आज नुरूलहुसैन के बिस्तर पर लेते-लेटे अनुराग ने और एक आवाज सुनी। चारों तरफ से अज़ान के सुर तैरकर आते हुए! कुछ देर बाद ही वह सुर कहीं गायब हो गया। अज़ान की इस आवाज़ के बारे में, बांग्लादेश के प्रमुख कवि, शम्सुर रहमान ने अपनी तरुणाई में इसकी तुलना वेश्या के चीत्कार से करते हुए, एक कविता लिखी थी! बहरहाल, अजान की आवाज खत्म होते ही, उन्हें कौओं की काँव-काँव सुनाई दी। कौओं का झुंड काँव-काँव का शोर मचाता रहा। कौओं की आवाजों का शोर सुनते ही, उन्हें बचपन के ज्वार की स्मृतियाँ,

नाव पर तार कोल चढ़ाना, हाफ़िज़ खाँ की यादों ने घेर लिया। बारिश के मौसम की एक और याद, आज बेतरह उनका पीछा कर रही थी, हालाँकि इसकी वजह उन्हें नहीं मालूम!

बरसात के पानी में घंटों-घंटों डूबे रहने, हाल-डुगडुगी खेल की तुलना क्या और किसी चीज से की जा सकती है? 'हाल-डुगडुगी' शब्द तो नितांत विक्रमपुर अंचल का निजी शब्द है। कितावी भाषा में, इसका कोई अच्छा-सा शब्द है क्या? शायद होता हो। लेकिन, अनुराग को उसकी जानकारी नहीं है। उन दिनों कब वह स्कूल से घर लौटे, कब वह पोखर के जल में छलाँग लगाए, वह हमेशा इसी इंतजार में रहता था। घंटों-घंटों पोखर के पानी में अपना तन-बदन डुबाए-डुबाए, बदन पर सिवार की तरह रेत की महीन-जी चादर बिछ जाती थी। उसे ढंकने के लिए, वह दबे पाँव रसोई पर पहुँच जाता था। वहाँ खाना पकाने के लिए सरसों का तेल पड़ा रहता था। सरसों का तेल लगाकर, सिवार की वह महीन चादर ढँक देता था। सिर पर इतना तेल चुपड़ लेता था कि माँ कभी-कभी डाँट-डपट भी करती थीं। यह सब सोचते हुए, बिस्तर पर लेटे-लेटे ही, अनुराग को हँसी आने लगी। एक दिन तो माँ ने कह ही डाला कि उसकी देह का रंग दिनोंदिन काला पड़ता जा रहा है। दासपाड़ा के छोकरों की तरह। उनकी इन बातों को अनुराग ने कभी तवोज्जोर नहीं दी। अनुराग समझ चुका था कि उसका यूँ देह की मैल ढँकना, माँ की नजरों से छिपा नहीं रहा, उनकी इस बात का इशारा इसी ओर था।

इसी तरह एक दिन विदा लेती बारिश में, कुछ देर तालाब में काफी देर तक बदन डुबाए रखने के बाद, थका-थका-सा अनुराग, खाना खाने के लिए अपनी माँ के पास पहुँचा। लेकिन माँ उस वक्त किसी और काम में व्यस्त थी। थके बदन पर पल भर में ही नींद आ घिरी। अनुराग दोपहर को बिना खाए ही सो गया। जब उसकी नींद टूटी, तो हाथ के करीब किसी वजनी चीज का अहसास होते ही, वह उठ बैठा। उसने वजनी चीज हाथ में लेकर देखा, पूरा का पूरा फजली आम था। वह आम को हिलाता-डुलाता रहा।

उसी वक्त माँ कमरे के अंदर दाखिल हुई।

माँ ने कहा, 'यह आम तेरा है! पूरा का पूरा आम! अकेले तेरे लिए!'

अनुराग को जैसे विश्वास नहीं हुआ। बगान घट में ही आम का पेड़ था! एक क्यों दस आम भी मिलता, तो वह अवाक् नहीं होता। लेकिन फजली आम, आसानी से नहीं मिलता। माँ कभी आम के टुकड़े करके, कभी पूरे को पूरे आम का रस घोलकर, हम भाई-बहनों में बाँट दिया करती थी और खुद भी चख लेती

थी। अनुराग माइजपाड़ा के जिस मध्यवित्त परिवार में पैदा हुआ था, वहाँ यही स्वाभाविक था। पूरा का पूरा आम कोई बच्चा अकेला ही खा जाए, यह कोई सोच भी नहीं सकता था। गाँव के किसी भी परिवार में ऐसा रिवाज नहीं था। जो बच्चे उसके हमउम्र थे, अकेले ही पूरा का पूरा फजली आम खाने का किस्सा सुनकर, आवाक् रह गए। आज के जमाने में अकेले ही पूरा आम हजम कर जाना शायद स्वाभाविक माना जाता है। चाहे वह मध्यवित्त हो या निम्नवित्त या दरिद्र बच्चा हो! उन दिनों घर या बागान का आम खत्म हो जाए और आम बाज़ार से ख़रीदकर खाना पड़े, तो उसे एक घटना मान लिया जाता था।

अनुराग पूरी शाम भर वह आम हाथ में लिए बैठा रहा। उसे भरोसा ही नहीं हो रहा है कि पूरे का पूरा आम, अकेले उसका है। लेकिन चूँकि वह आम माँ ने थमाया था, इसलिए अविश्वास करने की कोई वजह नहीं थी। उसे आम खाने से ज्यादा पाने में मजा आया था। रात को जब वह सोने गया, तो उस आम को भी साथ लेकर सोया। रात को जब-जब उसकी नींद टूटी, उसने टटोलकर देख लिया कि आम यथास्थान है या नहीं। लेकिन सुबह, जब वह स्कूल जाने लगा, तो आम किसी के पास रखकर जाने का उसे भरोसा नहीं हुआ। पूरा आम वह अकेले ही खा गया। वैसे वह आम खाने और खाने के बाद, जो घटा, उसे अब वह याद भी नहीं करना चाहता था। लेकिन पूरा एक आम, अकेले अपने लिए पाने की खुशी अतुलनीय है। अब तक उसके मन में सबसे ज्यादा खुशी की घटना, एकमात्र वही है। वैसे जीवन के विभिन्न उतार-चढ़ाव का लंबा-वक्त गुजारते हुए उसे और भी सुख-आनंद मिले हैं। इन सब यादों का सुख बिल्कुल अलग है। बिल्कुल स्वतंत्र! एक के साथ दूसरे की तुलना नहीं चल सकती। जब उसे अपने पास होने की खबर मिली, उसकी खुशी बिल्कुल अलग किस्म की थी। वैसे ही नौकरी पाने की खुशी; गृहस्थी शुरू करने की खुशी; पहली-पहली संतान होने की खुशी—ये सब तमाम सुखद यादें! लेकिन बचपन में माइजपाड़ावाले घर में, बरसात की एक रात, एक फजली आम पाने की खुशी सच ही अतुलनीय थी।

'—यही सच है या नहीं?'—अनुराग ने अपने से ही सवाल किया।

'—बे-शक!' मेरे अंदर बसे 'मैं' ने जवाब दिया।

बिस्तर पर लेटे-लेटे आज जाने क्यों तो घूम-फिरकर, बचपन की यादें घेर रही हैं, उसे समझ में नहीं आया। क्या इसलिए कि वह बचपन के काफी करीब चला आया हैं?

हाथ बढ़ाते ही माइजपाड़ा को छुआ जा सकता है।

उसके बचपन का माइजपाड़ा!

दुनिया की सबसे प्रिय भूमि!

इस भूमि के इतने करीब वे पहले कभी नहीं आए थे।

नुरूलहुसैन से भेंट नहीं हुई होती, तो वह माइजपाड़ा घूमकर, कल ही ढाका लौट जाता। लेकिन पूरा एक दिन, एक रात यहीं गुजर गया। वे नुरूलहुसैन के घर में ही टिका रहा। अभी भी माइजपाड़ा जाना नहीं हुआ। वैसे नुरूलहुसैन से भेंट होकर अच्छा हुआ या बुरा, अनुराग इस बारे में सोचना भी नहीं चाहता। लेकिन यह सच है कि अगर उनसे मुकालात नहीं हुई होती, तो यहाँ आना अधूरा रह जाता।

हारमोनियम की आवाज कानों में आते ही अनुराग की भी सोच टूट गई। नीचे के कमरे में कोई रियाज करने बैठा था। किसी अधेड़ आदमी की आवाज थी। वह शख़्स हारमोनियम अच्छा नहीं बजा पा रहा हो, ऐसी बात नहीं थी। लेकिन गले की आवाज़ के साथ हारमोनियम का स्वर नहीं मिल रहा था, यह साफ जाहिर था। वह सोचता रहा, एक बार उस आदमी को उसकी भूल बता आए। नहीं, यह उचित नहीं होगा। वह बिस्तर पर लेटा रहा। धीरे-धीरे अँधेरा छट गया और चारों ओर उजाला फैल गया। दूसरी मंजिल की खुली खिड़की से उगते सूरज की मीठी रोशनी कमरे के अंदर तक आ पहुँची। इस घर के सामने से कोई शख्स अपनी लुंगी समेटकर, फेंटा मारे, एक हाथ में टोकरी और दूसरे हाथ में जाल लिए आगे बढ़ता हुआ! वह आदमी शायद मछेरा था। अलसुबह वह उठकर जीविका की खोज में निकल पड़ा था। अब वह विभिन्न घरों के पोखर में जाल डालकर मछली पकड़ेगा और अपनी टोकरी में मछलियाँ भरकर बाजार में बेचने के लिए ले जाएगा। मछलियाँ बेचकर, उसे जो रुपए मिलेंगे। उनसे गृहस्थी के लिए चावल-दाल समेत जरूरी सामान खरीदकर अपने घर लौट आएगा। उसकी मछेरन उसकी राह देख रही होगी। मछेरे को अगर मछलियाँ नहीं मिलीं, तो उसे खाली हाथ लौटना होगा। मुमकिन है, तब उसके बीवी-बच्चों को उपवास रहना होगा।

अनुराग के बचपन में माइजपाड़ा के उत्तर-पश्चिम की ओर, मुँह अँधेरे ही मछलियों का बाजार बैठ जाता था। इस बाजार का नाम था—हदेर बाजार! एक दिन नस्सू काका उसे इस बाजार में ले गया था। सूरज उगते ही यह बाजार उठ भी जाता था। वे लोग सूरज उगने के पहले ही हदेर बाजार पहुँच गए। अनुराग के लिए वह अभूतपूर्व तजुर्बा था। पूरे बाजार में मछलियाँ ही मछलियाँ! बड़ी-बड़ी कुप्पियाँ जलती हुई! कहीं, किसी घर-मकान का अता-पता नहीं! खुले आसमान तले, कोई जोर-जोर से चीख रहा था। नस्सू काका ने बताया कि वे लोग हाँक लगाकर, दाम चढ़ाते जा रहे हैं। इसमें विक्रेता की कोई भूमिका नहीं होती। खरीदार एक-दूसरे से बढ़-बढ़कर बोलियाँ लगा रहे थे। जब खरीदारों की बोली रुक जाती थी। तब वह

हाँक लगाने वाला, आखिरी बोली के रुपए तीन बार दुहराकर, अपने हाथ की टोकरी में से कुछ मछलियाँ निकालकर, वह नई टोकरी की तरफ बढ़ जाता था। वह हर टोकरी से थोड़ी-सी मछलियाँ निकाल लेता था। वही उसकी मजदूरी होती थी। नस्सू काका ने ही उसे सारा कुछ समझा दिया। उस बाजार में चाय की एक दुकान भी थी। एक झुग्गी में समूची दुकान! चाय, पट्टी, मोटी काठीवाली बिस्कुट। एक टिन में मुरमुरे! एक टिन में मोवा, गुड़ की मिठाई! उसने ये चीजें कभी नहीं खाईं। वह सब खाने में उसकी रुचि नहीं थी, इसलिए उसने नहीं खाया। हाँ, नस्सू काका ने चाय-बिस्कुट खाया था।

नौ

नाश्ता करते हुए अनुराग का मन दुबारा फुरफुरा हो आया। नुरूलहुसैन की बीवी ने मिठाई के अलावा, दही भी तैयार की थी। साथ में खोई भी थी। नाश्ते में इतनी सारी चीजों की उसे उम्मीद नहीं थी। उम्मीद से बाहर, इस किस्म का नाश्ता पाकर उसका मन ताज़ा हो आया। नाश्ते में बाकी सारी जो चीजें परोसी गईं थीं, अनुराग ने उन्हें हाथ भी नहीं लगाया। अलग से चीनी भी रखी हुई थी, वह भी उसने दही में नहीं मिलाई। मिठाई तो वह बहुत पहले ही छोड़ चुका था। ऐसा भी एक वक्त था, जब मिठाई बिना उसका चलता नहीं था। मिठाई का उसे प्रबल शौक था। लेकिन एक बार, प्रधानमंत्री के तौर पर, श्रीमती इंदिरा गाँधी उसके इलाके में तशरीफ लायीं। लोगों ने खाने के साथ वहाँ की स्थानीय मिठाई भी परोस दी। मिसेज़ गाँधी ने साफ-साफ बंगला में कहा—'मैं मिठाई नहीं खाती।' उनकी इस बात ने सरकारी अधिकारी, अनुराग भट्टाचार्य को बेहद प्रभावित किया। बस, उसी दिन से उसने भी मिठाई खाना कम कर दिया। मिठाई में कोई खूबी नहीं है। ऐसा भी नहीं था। लेकिन खूबियों की तुलना में नुकसानदेह पक्ष कहीं ज्यादा था। बहरहाल यह सब सोच-विचार छोड़कर उसने मिठाई खाना बिल्कुल ही त्याग दिया। इसके अलावा, अब उसकी जितनी उम्र हुई, उसमें मिठाई से शरीर का कोई उपकार होगा, उसे नहीं लगता। नुरूलहुसैन की बीवी कुछ और नाश्ता लेने की काफी जिद करती रहीं। लेकिन अनुराग सिर्फ दही खाकर ही तृप्त हो गया। इसलिए वह उनका अनुरोध स्वीकार नहीं कर पाया।

उस वक्त नुरूलहुसैन अखबार पढ़ने में डूबे हुए थे। जब उन्होंने पूरा अखबार पढ़ डाला, तो उसे अनुराग की तरफ बढ़ा मिला। अनुराग की आँखें बागेरहाट की घटना ढूँढ़ती रहीं। लेकिन उस खबर का कहीं नाम-गंध तक नहीं थी। यानी बागेरहार की ख़बर अब अखबारवालों के लिए अहम नहीं थी। इससे कहीं ज्यादा अहम घटनाएँ घट रही है। यही सच है! यह वास्तविकता कबूल कर लेने के बावजूद, अनुराग के मन में एक सवाल जाग उठा। खबर चाहे जितनी भी पुरानी हो, बागेरहाट में जिन

लोगों ने अपनी इज़्ज़त गँवाई, जिनकी जिंदगी खो गई, वह क्या दुबारा मिलेगी? खैर, दुबारा पाने का तो सवाल ही नहीं उठता। अब राड़ीखाल में बैठा-बैठा, नाश्ता करते-करते, आज का अखबार पढ़ रहा है, बचपन में यह बात उसके लिए कल्पनातीत थी।...उनके माइजपाड़ावाले घर में स्टेट्समैन अखबार आता था। अक्सर एक दिन का बासी अखबार! खैर, वही घरवालों को नया अखबार लगता था। इसे ही तो वक्त कहते हैं! वक्त को कबूल करने के अलावा और कोई उपाय है भला? नहीं, बिल्कुल नहीं है! वक्त ही तो सारा कुछ नियंत्रित करता है। समय के साथ-साथ इंसान को सब कुछ कबूल करने का अभ्यास हो जाता है। यह मानव समाज वक्त का गुलाम है। लेकिन जो लोग वर्तमान वक्त से आगे बढ़कर सोच पाते हैं, वक्त उनका गुलाम हो जाता है!

चाय की प्याली, होठों से हटाकर, नुरूलहुसैन ने अनुराग की तरफ एक सवाल उछाल दिया, 'यह जो हिंदी भाषी भारतीय, देश-विभाजन को लेकर इतने अच्छे-अच्छे काम कर रहे हैं, अच्छे से अच्छा साहित्य रच रहे हैं! दिल को छू जानेवाली फिल्में बनाते रहे, अभी भी बना रहे हैं, उनकी तुलना में बंगाल-विभाजन पर बंगलानामी लोगों ने काफी कम काम किया है। तुम्हारा क्या ख्याल है, ऐसा क्यों हुआ?'

'देखो, इस विषय पर बिल्कुल ही काम नहीं हुआ है। ऐसा नहीं है।' अनुराग ने जवाब दिया।

'मैं यह नहीं कहता कि काम बिल्कुल ही नहीं हुआ।'

'हाँ, तुमने ऐसा कहा तो नहीं!'

'चलो, मान लिया कि इस पर साहित्य जरूर रचा गया, लेकिन क्या फिल्में बनीं?'

'क्यों, उत्पल दत्त का 'पालंक' तुमने नहीं देखा?'

'नहीं, नहीं देखा—'

'पालंक में देश-विभाजन की काफी सारी बातें हैं।'

'अच्छा?'

'इसी तरह और भी कई फिल्मों का जिक्र किया जा सकता है। जिन फिल्मों में देश-विभाजन का विषय, प्रत्यक्ष या अप्रत्यक्ष रूप से आया है।'

'मेरा मतलब था कि हिंदी भाषियों जितनी नहीं। उनलोगों की तुलना में बहुत कम काम हुआ है।'

'हाँ, शायद हो सकता है।'

'शायद क्यों?' नुरूलहुसैन ने फिर पूछा।

'इसलिए कि मैंने इस पर तुलनामूलक भाव से सोचकर नहीं देखा, इसलिए पक्की तौर पर कुछ भी नहीं कह सकता। लेकिन, तुम्हारी बात सुनकर, लग रहा

है कि हिंदी की तुलना में बंगला में कम काम हुआ है। यह सच है।'

'मैंने 'मार्जिनल मैन' नाम की एक किताब पढ़ी थी। एक बंगाली सज्जन ने यह काम किया था। काफी अच्छा काम किया था। वह किताब मुझे इस वक्त मिल नहीं रही है। लगता है, बिना बताए ही, कोई उठा ले गया।'

'तुम्हें क्या लगता है, काम कम क्यों हुआ है?'

'यह तो तुम्हीं लोग बखूबी बता सकते हो। तुमलोग ही प्रकाशन के बारे में 'लेटेस्ट' खोज-खबर रखते हो—'

'देखो, यह काफी लंबी-चौड़ी बहस का विषय है। इस पर किसी और वक्त बातचीत करेंगे। अभी, चलो, माइज़पाड़ा चलते हैं।'

'हाँ, चलो!' नुरूलहुसैन ने जवाब दिया, 'लेकिन चलना तो मरदसा की राह से ही पड़ेगा। मदरसे की राह से गुजरते हुए, नन्हें-नन्हें बच्चों पर नज़र पड़ती है और उन बच्चों को देखकर, मुझे बेतरह तकलीफ होती है। इन्हें किस तरह बर्बाद किए दे रहे हैं!'

'इसीलिए तो मैंने कहा, कुछ करो!'

'हाँ, कुछ करने का मन तो करता है, लेकिन कर कहाँ पा रहा हूँ? अभी, उसी दिन देखा, पहाड़ी चट्टग्राम से एक चकमा लड़का राड़ीखाल के मदरसे में आया है। वह अपने बाप का दिया हुआ नाम, अब अपनी जुबान पर भी नहीं लाता। मुसलमान हो गया है और अपना नाम रख लिया है—अहमद! ढीलमढाल झब्बा और टोपी पहनकर, विशुद्ध मुसलमान बन गया है।'

'इस देश में मदरसे की तादाद कितनी है, तुम्हें पता है?'

'इस देश में मदरसे भी श्रेणियों में बँटे हुए हैं।

आलिम मदरसे की संख्या 2404 है! फाजिल मदरसे 1180 हैं! कामिल मदरसों की संख्या 180 है। इसके अलावा और भी दो तरह के मदरसे इसी वर्ग में आते हैं, जिनके छात्रों की संख्या दो लाख, आठ हजार, एक सौ इक्कीस है और इब्तदाई मदरसे 6493 हैं। जिसमें से हर मदरसे में कम-से-कम दो सौ छात्र शामिल हैं।'

'तब कुल मदरसों के छात्रों की संख्या कितनी होगी?'

'आलिम क्लास में 72900 छात्र हैं। फाजिल में 22912 और कामिल में 10,903 छात्र हैं।'

'पश्चिमी बंगाल के मुख्यमंत्री, बुद्धदेव भट्टाचार्य ने दो साल पहले, पश्चिम बंगाल के मदरसों की आलोचना करते हुए, एक वक्तव्य रखा था। उनका वक्तव्य अखबारों में छपा था। लेकिन अगले ही दिन बयान दिया गया कि उन्होंने ऐसा नहीं कहा। यह सभी कुछ वोट को ध्यान में रखकर किया गया था! सिर्फ वोट के लिए।'

'यहाँ भी यही हो रहा है! राजनीतिक लोग वोटों के लिए ही तो कोई, कुछ

बोल नहीं रहा है। कोई कुछ नहीं कर रहा है। पूरी जाति का इतना भयंकर सर्वनाश सिर्फ वोटों के लिए ही तो कर रहे हैं।'

'किस कदर बदल गया है, तुम्हारा यह देश! सोचने बैठो, बेहद तकलीफ होती है। सन् इकहत्तर में जो आदर्श, जो उद्देश्य लेकर, इस देश के लोगों ने जंग की थी, पता नहीं कहाँ तो गुम हो गया। 'धर्मनिरपेक्षता' नामक मानवीय शब्द को, जाने कैसे ढकेल दिया गया। लेकिन, क्या यह सिर्फ शब्द है। यह शब्द किसी देश के नागरिकों के लिए कितना बेशकीमती है। कितना जरूरी है, यह तुमलोगों ने नहीं समझा, न तुमलोगों के शासकों ने समझा।'

'सिर्फ क्या धर्मनिरपेक्षता को ही निर्वासित किया? इसी शब्द के लिए ही कब्र खोदकर, शासक वर्ग शांत नहीं हुए। यह शब्द, भविष्य में भी कभी, किसी दिन भी, कब्र फोड़कर बाहर न निकल सके, इसके लिए ऊपर से और एक फौजी शासक, उसके भी ऊपर, देश-धर्म, इस्लाम के नाम पर और एक चट्टान तले दबा दिया। इस देश में वे सब इंसान मुसीबत में घिर गए, तीसरे दर्जे के नागरिक बन गए, जिनका धर्म इस्लाम नहीं था। इन्हीं सबका फसल है—धार्मिक उन्माद! मेढक के छत्तों की तरह जितने सारे मदरसे उग आए हैं, यह सब उन्हीं की फसल तो है। पूरा बांग्लादेश दाढ़ी, टोपी और बुरकों से भर गया है।'

'सन् इकहत्तर में मैं कुछ दिनों के लिए नदिया गया था। वहीं मेरी पोस्टिंग हुई थी। वहाँ मैंने विपन्न इंसानों का हाहाकार देखा था। सरहद पार करके, हजारों-हजार इंसान इस तरफ आते जा रहे थे। भारत के लोग, हर इंसान, इन विपन्न लोगों की मदद के लिए आगे बढ़ आए। किसी ने, किसी के लिए भी इंतजार नहीं किया। जिससे जितना हो सका, सबने मदद की। किसी-किसी ने तो अपनी औकात से भी बाहर जाकर भी किया। सारा कुछ तो उनलोगों ने अपने प्यार की वजह से किया। किसी ने कोई उद्देश्य लेकर कुछ नहीं किया। लेकिन, देखो, कितने अफसोस की बात है कि बांग्लादेश की छवि पूरी तरह बदल गई। इस देश के लोग-बाग को अपने सर्वाधिक संक्रांति-काल में, भारत से जो मदद मिली थी, उसी भारत को वे लोग दुश्मन मानने लगे हैं। और जो पाकिस्तानी ने इस देश पर हत्या, बलात्कार, लूट, आगजनी बरसाते रहे, बांग्लादेश के लोग, इन दिनों धीरे-धीरे उन्हीं की तरफ झुकने लगे हैं।'

'देखो, इस्लाम के क़ुरान और हदीस में इस बात का कहीं जिक्र नहीं है कि हिंदू, मुसलमानों के दुश्मन हैं। इस देश में जो इस्लाम प्रचलित है, वह यहाँ के मुल्लाओं ने तैयार किया है। इसीलिए बांग्लादेश के अधिकांश लोगों को भारत के विरुद्ध उत्तेजित किया जा रहा है। इस देश के निन्यानबे प्रतिशत लोग यह समझते हैं कि भारत हिंदू राष्ट्र है। उनके दिमाग में यह बात नहीं आती कि भारत सेकुलर राष्ट्र है।

पाकिस्तान ने इस देश पर चौबीस साल शासन और शोषण किया। सन् इकहत्तर में इन पाकिस्तानियों ने इस देश के तीस लाख लोगों की हत्या कर डाली। इस्लाम की दुहाई देकर, तीन लाख औरतों पर पाशविक अत्याचार बरसाए, जोर-जुल्म किए, आज बांग्लादेश के लोग उसी पाकिस्तान की तरफ झुक रहे हैं। यह अभागा देश! यह सोचते हुए बेतरह तकलीफ होती है! पता नहीं, क्यों तो जिंदा है हम लोग! यह सब देखने के लिए ही क्या हम ज़िंदा हैं?'

अनुराग ने इसके आगे कोई बात नहीं की। सन् पचहत्तर में बंगबंधु मुजीब की हत्या के बाद से ही, इस देश का जैसा अधःपतन हुआ, वह इसकी व्याख्या में नहीं गया। वह उठकर कमरे में चला गया। जब वह लौटा, तो उसके हाथ में अँग्रेजी के पुराने अखबार की कटिंग थी। सन् पचहत्तर के, पंद्रह अगस्त का 'स्टेट्समैन' अखबार! उसने अर्से से इसे सहेजकर, अपने पास रख छोड़ा था। इस बार दिल्ली से रवाना होने के पहले उसने उस कटिंग को अपने बैग में भर लिया था। चूँकि वह बांग्लादेश ही आ रहा था, इसीलिए शायद वह अखबार भी साथ लेता आया था। उसने वह अखबार नुरूलहुसैन के सामने खोलकर बिछा दिया।

पहले पन्ने के आठवें कॉलम में एक छोटी-सी ख़बर! ख़बर की सुर्खी थी—हेलीकॉप्टर दुर्घटनाग्रस्त; आठ मारे गए—संक्षिप्त-सी खबर!

अनुराग वह खबर पढ़कर सुनाने लगा—ढाका, 14 अगस्त : पी टी आई की रिपोर्ट मुताबिक, एक हेलीकॉप्टर बांग्लादेश के ऊपर से उड़ान भरते हुए, यहाँ से दक्षिण में नौवाखाली के तटीय जिले में आबाद, रामगति के पास आज दुर्घटनाग्रस्त हो गया! इसमें सवार सभी आठ यात्री मृत्यु के शिकार हो गए! दुर्घटना के कारणों का अभी पता नहीं चला है।

दुर्घटना के शिकार, सात लोगों का पार्थीव शरीर ढाका लाया गया है।

दुर्घटना के शिकार लोगों में दो अधिकारी और छः क्रिड-सदस्य हैं। लेकिन अभी उनकी पहचान होनी बाकी है।

उस हेलीकॉप्टर के पास बांग्लादेश के ऊपर से उड़ान भरने की आवश्यक अनुमति मौजूद थी।

मृतकों की लाशें कल कलकत्ता भेजने का इंतजाम किया जा रहा है।

हाँ, बेहद छोटी-सी खबर थी। इस ख़बर को लेकर अनुराग के मन में सैकड़ों सवाल जाग उठे थे। अपने सवालों का जवाब उसे, काँग्रेस के नेता प्रवण मुखर्जी से मिला था। उन दिनों वे इंदिरा गाँधी ने मंत्री मंडल में शामिल थे। दिल्ली के राममनोहर लोहिया अस्पताल के करीब, तालकटोरा रोड पर स्थित उनके मकान में, बात करने पहुँच गया। उम्र के लिहाज से अनुराग, प्रवण मुखर्जी से बड़ा था। लेकिन उसने ज़िंदगी भर केंद्रीय सरकार में नौकरी की थी। रिटायर हो जाने के बाद भी

'सर' कहने की उसकी आदत गई नहीं थी। आगे चाहे जितनी भी बड़ी नौकरी की हो, लेकिन मंत्री तो नहीं था। इसलिए पूर्वमंत्री, प्रवण मुखर्जी, उम्र में भले छोटे हों, अपने नौकरी-जीवन में उन्हें हमेशा 'सर' ही कहता रहा। अभी भी उन्हें 'सर' ही कहता था। इस खबर की सच्चाई स्वीकार करते हुए, प्रवण मुखर्जी ने कहा था कि मुजीब की हत्यार के लिए सैकड़ों साजिशें हो रही थीं। इंदिरा गाँधी उन्हें बार-बार सतर्क करती रहीं, लेकिन मुजीब ने कभी इसे गंभीरता से नहीं लिया। मुजीब की हत्या का ब्लू-प्रिंट जब तैयार हो गया, मुजीब को भले इसकी ख़बर न हो, दुनिया के बहुतेरे लोगों को इसकी जानकारी थी। इंदिरा गाँधी उसमें से एक थीं। उन्होंने यह हेलीकॉप्टर भेजकर, मुजीब की रक्षा की आखिरी कोशिश की थी। मुजीब के उद्धार के लिए यह हेलीकॉप्टर भेजा गया था। लेकिन जिन लोगों ने मुजीब की हत्या की थी, उन्हीं लोगों के द्वारा ही हमारा हेलीकॉप्टर धरती पर मार गिराया गया था। इंदिरा गाँधी द्वारा भेजा गया हेलीकॉप्टर अगर ठीकठाक भारत के क्षेत्र में लौट आता, तो बांग्लादेश का इतिहास, पृष्ठभूमि, सबसे ऊपर, वर्तमान स्थिति ऐसी हालत में न होती। बंगबंधु की अनुपस्थिति, देश को हरपल चरम अराजकता की तरफ लिए जा रहा है। इंदिरा गाँधी ने बंगबंधु को बचा लेना चाहा था।

बंगबंधु की हत्या का ब्लू-प्रिंट तो खैर काफी दिनों से चला आ रहा था। अनुराग जब अपनी बेटी के पास, जेनेवा घूमने गया था, तब भारत के तत्कालीन राजदूत, पी. के. बैनर्जी से उसकी भेंट हुई थी। सन् तिहत्तर में लंदन में ऑपरेशन कराने के बाद, वे हवा-पानी बदलने के लिए जेनेवा गए थे। वहाँ वे बाइस दिन रहे थे। इन बाइस दिनों तक उनके लिए, हमेशा राजदूत, पी. के. बैनर्जी के घर से खाना जाता रहा। पी. के. बैनर्जी ने ही बताया कि ऐसा उन्होंने इंदिरा गाँधी की हिदायत पर किया था। उन दिनों भी बंगबंधु की हत्या की कोशिश जारी थी।

दस

सुबह-सुबह ही नहा लेना, अनुराग की आदत थी। लेकिन आज वह नहाना टाल गया। वह अपने एक हैंडबैग के अलावा, अपने साथ कुछ भी नहीं लाया था। अपने साथ वह जो कपड़े लाया था, वह सब ढाका में ही छोड़ आया था। खैर, कपड़ों की कोई खास समस्या नहीं थी। नुरूलहुसैन कभी-कभार धोती पहनते थे। अगर वह चाहता, तो उससे एक धोती लेकर, वह नहा सकता था। लेकिन नहाने के बाद, पसीने में भींगा कपड़ा वह दुबारा नहीं पहन सकता था। नहीं, यह उसका छुआछूत या अंधविश्वास नहीं था। सफाई के ख्याल से, यह उसका लम्बे समय से अभ्यास था। कल वह जो कपड़े पहनकर ढाका से रवाना हुआ था, पसीने में भींगे उन्हीं कपड़ों में वह बाहर निकल पड़ा। नुरूलहुसैन उसके साथ नहीं जा सके। एक मरीज आ गया और उसने उसका सारा कार्यक्रम बिगाड़ दिया। रोगी की चीख-पुकार, उसके साथ आए हुए आत्मीय-स्वजनों की आकुल आग्रह-मिन्नत देखकर, अनुराग ने खुद ही नुरूलहुसैन को रोगी के पास रहने का अनुरोध किया। निरुपाय नुरूलहुसैन को रुकने के लिए लाचार होना पड़ा। वह अनुराग के साथ नहीं जा सका। घर के और-और लोगों से विदा लेकर, अनुराग निकल पड़ा। नुरूलहुसैन उसे रिक्शे पर सवार करने के लिए, बड़ी सड़क तक आया। जब रिक्शा चलने लगा, अनुराग माइजपाड़ा के लिए रवाना होने लगा, नुरूलहुसैन ने उसे हिदायत दी कि वह माइजपाड़ा का चक्कर लगाकर, जल्दी ही लौट आए। लेकिन अनुराग ने तो शुरू से ही कह रखा था कि माइजपाड़ा के परिदर्शन के बाद, वह सीधे ढाका लौट जाएगा। नुरूलहुसैन की अंतरंगता उसे ज़िंदगी भर याद रहेगी।

रिक्शा माइजपाड़ा की तरफ बढ़ता गया।

रिक्शा जैसे-जैसे आगे बढ़ता जा रहा था, अनुराग के मन में एक दूसरी ही

तरह की तेज-तेज लहरें उठने लगीं। उन लहरों को वह क्या नाम दे? यह क्या सिर्फ अच्छा लगना है? बे-शक! लेकिन इसमें एक दर्द भी तो मिला हुआ था! जाने कितने ज़माने का जमा हुआ दर्द! उस जमे हुए दर्द का हर गंथान, धीरे-धीरे अलग होती जा रही है।

उसका रिक्शा जब टूटे मठ के सामने से गुजर रहा था, अनुराग ने चीखकर रिक्शा रोकने को कहा। उसने अपना मकान बिल्कुल ठीक-ठीक पहचान लिया। इस मठ ने उसे अपना घर पहचानने में मदद की। रिक्शा एक कलवर्ट पर रुक गया। उस कलवर्ट पर साफ-साफ लिखा हुआ था कि यह कलवर्ट यू. एस. एड की मदद से निर्मित है। उसके मन में अजब-सी टीस जाग उठी। मामूली-सा यह कलवर्ट तैयार करने में भी अमेरिका की मदद की जरूरत पड़ गई? यह कलवर्ट तो गाँव के लोग ही आपस में चंदा इकट्ठा करके, तैयार कर सकते थे। छड़ी के सहारे रिक्शे से उतरकर, कलवर्ट पर ही खड़ा हो गया। टूटा मठ, कलवर्ट के इतने करीब था कि अनुराग को लगा कि वह हाथ बढ़ाते ही, उसे छू सकता है। लेकिन यह उसका भ्रम था। भावुकता की फसल! वह मठ इतना करीब भी नहीं था। रिक्शेवाले छोकरे ने बताया कि माइजपाड़ा अभी नहीं आया। हाँ, सामने ही माइजपाड़ा बाजार जरूर नज़र आ रहा है। अनुराग ने रिक्शेवाले का किराया चुकाकर, उसे विदा कर दिया। वह इसी माइजपाड़ा के लिए सुदूर दिल्ली से चलकर यहाँ तक आया है, यह बात उसने उस रिक्शेवाले छोकरे से खुलकर नहीं बताई। कलवर्ट के धीरे-धीरे नीचे उतरकर, वह मठ के करीब जा खड़ा हुआ। घिसे-टूटे ईंटोंवाले उस मठ की तरफ उसने अपना दाहिना हाथ बढ़ा दिया। मठ को छूते ही, उसका सारा सपना, सारी उम्मीदें, सारा चाव एकबारगी टूट-फूटकर बिखर गया। इतने सालों से उसके मन में जमा दर्द, प्रबल वेग से उबल पड़ा।

पता नहीं, अनुराग की रुलाई की आवाज सुनकर या किसी और वजह से, उस घर के भीतर से एक औरत, सिर पर पल्ला डालते-डालते बाहर निकल आई। उसने कुछ कहा नहीं। बस्स खड़ी रही। अनुराग का ध्यान उसकी तरफ नहीं गया वह मन-ही-मन, अपनी रौ में बुदबुदाता रहा। उसके करीब खड़ी औरत, उसकी बातें समझने की कोशिश करती रही। चूँकि उसे आगंतुक की बातें समझ में नहीं आ रही थी, इसलिए उसके मन में कुछ ज्यादा ही कौतूहल जाग उठा था लेकिन वह जहाँ खड़ी थी उससे आगे नहीं बढ़ पा रही थी। उसका संस्कार उसे आगे नहीं बढ़ने दे रहा था। लेकिन अनुराग के बारे में वह अपना कौतूहल दबा भी नहीं पाई। वह दुबारा अपने घर की तरफ मुड़ी और एक बच्चे को साथ लेकर, दुबारा लौट आई। आगे खुद कोई सवाल नहीं किया। उसने बच्चे के जरिये ही पता करने की कोशिश की कि वह किससे मिलने आया है। बच्चे की जुबान से सवाल सुनकर, अनुराग

बेतरह सकुचा गया। आगे झटपट अपनी जेब से रुमाल निकाली और अपना चेहरा पोंछते हुए, पलटकर देखा। बच्चे के साथ एक औरत को देखकर, वह संकोच से बिल्कुल गड़ ही गया। उसने ताया कि वह किसी ख़ास व्यक्ति से मिलने नहीं आया है। लेकिन उसका जवाब, उस औरत का कौतूहल शांत नहीं कर पाया।

इस बार बच्चे के बालों से छेड़छाड़ करते हुए, आगे खुद ही सवाल किया, 'यहाँ खड़े-खड़े रो क्यों रहे थे?'

इस सवाल का भला कोई जवाब हो सकता था? वह क्या जवाब दे, अनुराग तय नहीं कर पाया। बल्कि वह तो ऐसे किसी सवाल के लिए तैयार ही नहीं था। वह खासा सकुचा आया। अपना यह संकोच मिटाने के लिए आगे बच्चे का नाम पूछा।

बच्चा कोई जवाब दे, इससे पहले ही, उस औरत ने सवाल किया, 'आप क्या सरकारी आदमी हैं?'

'नहीं!'

'आप कहाँ से आए हैं?'

'दिल्ली से!'

'किससे मिलना है?'

'ठीक किसी खास व्यक्ति से नहीं–'

'यह कैसी बात है?'

'मैं अपने बचपन की जन्मभूमि देखने आया हूँ।'

'अच्छा, अच्छा, समझ गई। यह घर आपका था?'

'आपने सही पकड़ा–'

'लेकिन, अब तो यह घर हमारा है।'

'हाँ, तो सो ठीक है!'

'आप क्या अपना घर वापस लेने आए हैं?'

'नहीं–'

'तब आप रो क्यों रहे थे?'

इस सवाल का कोई जवाब नहीं हो सकता! इसका कोई जवाब हो ही नहीं सकता। अनुराग खामोश हो गया। आगे नजरें घुमाकर, उस घर की तरफ एक बार देखा। घर का एक हिस्सा, बाँस की खपच्चियों से घिरा हुआ! बाहर से कुछ देख पाने का उपाय ही नहीं था। घर की पश्चिमी छोर पर पोखर को चारों तरफ से घेरे हुए पक्के घाट का कहीं, कोई नामोनिशान नहीं था। एक मोटे-चौड़े काठ को दो बाँसों से बाँधकर, घाट बना लिया गया था। उस घाट के एक बाँस के सिरे पर एक माछरांगा बगुला, एकटक पानी पर आँखें गड़ाये बैठा हुआ था। वह शायद किसी

शिकार के इंतजार में था।

अनुराग उस घर को एक बार अंदर से घूमकर देखना चाहता था। वह अपने बचपन के निशान ढूँढ़ना चाहता था। बचपन का स्पर्श! उसी घर को देखने के लिए, वह इस उम्र में भागकर आया है। उसके लिए इस घर जैसी प्रिय जगह, दुनिया में और कहीं नहीं थी। इस घर में उसने पहली बार साँस ली थी। इसी घर में उसे माटी का पहला स्पर्श मिला था। इसी घर में वह पहली बार रोया था। यहीं वह पहली बार हँसा था। इस घर में उसके बचपन का श्रेष्ठ समय गुज़ारा था। ढेरों लोग तो जिंदगी में और-और बेहतर समय गुजारते हैं, लेकिन इसके बावजूद वे बचपन के ही सुखद समय को क्यों याद रखते हैं? पता नहीं, कौन, क्या सोचता है। अनुराग के जीवन में उसका बचपन ही श्रेष्ठ और प्रिय समय था।

इस घर की बुनियाद डाली थी, अनुराग के पुरखे, मधु मुखर्जी ने! वे कूचबिहार के राजा के प्रधानमंत्री थे। अपनी योग्यता के बलबूते पर उन्होंने अँग्रेज शासकों से 'नाइट' की उपाधि अर्जित की थी। अनुराग के पिता, ठीक इस घर के लड़के नहीं थे। हाँ, उसकी माँ, इसी घर की बेटी थीं। चूँकि माँ के और कोई भाई-बहन नहीं थे। इसलिए बेटी के दूल्हे को ही, अनुराग के नाना ने, अपने घर में रख लिया था। समूचे घर में, पलक झपकते और किसी का ख्याल आता हे, तो वह थे—गोविंद दाह! पेशे से डॉक्टर! उनके कोई बाल-बच्चा नहीं था। लेकिन बच्चों से उन्हें बेहद प्यार था। हाँ, वे ब्राह्मण थे। लेकिन उनके बदन का रंग काला-कलूटा! कलकत्ता, दिल्ली वगैरह में उसने अनगिनत काले-कलूटे बंगालियों को देखा है। जब कभी किसी काले शख्स पर उसकी निगाह पड़ जाती थी, उसे गोविंद नानू की याद आ जाती थी। किसी काले ब्राह्मण को देखकर, लोग-बाग सवाल करते हैं। शक करते हैं। पूर्वी बंगाल से आकर, पदवी बदल लेने की बतकही करते हैं। लेकिन अनुराग ने कभी इन बातों को तवज्जो नहीं दी। वह इस किस्म के शक-शुब्हे को, महज सनक समझता था। कुछ-कुछ लोगों में इस तरह की सनक हो ही सकती है। लेकिन अनुराग जानता है कि महज ब्राह्मण होने भर से, बदन का रंग गोरा हो। यह बात शत्-प्रतिशत तय नहीं है। गोविंद नानू इसी के प्रमाण थे।

उनके एक पड़ोसी थे—शशिमोहन चैटर्जी! वे शिलॉन्ग के बाशिंदा थे। वहाँ किसी स्कूल में टीचर थे। शिलॉन्ग में ही किसी पहाड़ी लड़की से प्यार कर बैठे और उसी के साथ गृहस्थी बसा ली। उनके बच्चों ने ब्राह्मण की नाक पाने के बजाय, अपनी पहाड़िन माँ की नाक पाई। अब उनकी नाक की वजह से क्या उनका ब्राह्मणत्व खारिज कर दिया जाएगा?

अनुराग के मकान के ठीक परली तरफ पाल लोगों का मकान था। पोखर के इस पार-उस पार! इस मकान के मालिक थे–उपेंद्रलाल कमेकार! उनकी एक बेटी का नाम था–रेवा! रेवा किस कदर खूबसूरत थी! इस गाँव में बहुतेरे ब्राह्मण-घर थे, लेकिन और किसी ब्राह्मण के यहाँ, ऐसी हसीन लड़की ने जन्म नहीं लिया था। इसीलिए क्या रेवा को ब्राह्मण जाति में प्रमोशन दे दिया गया? नहीं, नहीं दिया गया। खूबसूरत और गोरे रंग पर सिर्फ ब्राह्मणों की ही बपौती नहीं होती। मेरा काला रंग भी, एकमात्र अब्राह्मण लोगों में ही नहीं होता। यह इंमान के वश की बाहर की बात है! अच्छा, रेवा अब कहाँ होगी? अनुराग के मन में यह सवाल जाग उठा।

'रेवा परिवार के मकान में अब कौन रहता है?' अनुराग ने सवाल किया।

'खबीर मियाँ! अब वह खबीर मियाँ का घर है।' उस औरत ने अनुराग को बताया।

रेवा के बारे में पूछताछ संभव नहीं हुआ।

अब, अनुराग ने घर को भीतर से देखने के लिए अंदर जाने की इच्छा जाहिर की। लेकिन, घर में कोई मर्द मौजूद नहीं था। इसलिए उस औरत ने उसे अंदर आने की अनुमति नहीं दी। अनुराग के मन को काफी चोट लगी। लेकिन उसने बात और आगे नहीं बढ़ाई। वह शिथिल कदमों से दुबारा कलवर्ट की तरफ लौट आया। कलवर्ट पर खड़े-खड़े, उसने दुबारा उस मकान पर नजर डाली। अपने बचपन की तरफ! जिस मकान में उसका बचपन गुजारा था। अब उस घर में कदम रखने का उसे कोई अधिकार नहीं था। उस घर के अंदर दाखिल होने के लिए, अब उसे अनुमति लेने की जरूरत होती है! अनुमति न मिलने पर, उसे लौट जाना पड़ रहा है।

अनुराग कलवर्ट पर खड़ा-खड़ा, किसी रिक्शे का इंतजार कर रहा था। कहीं, कोई खाली रिक्शा नजर नहीं आया। एक रिक्शा टिन दुकान बाज़ार की तरफ से आ जरूर रहा था, लेकिन उसका हुड तना हुआ था। रिक्शे में कोई सवारी हो, तो रिक्शा जिस रफ्तार से चलता है, वह रिक्शा भी उसी तरह आ रहा था। अनुराग ने सोचा, वह रिक्शा अगर न छोड़ता, तो बेहतर था। उसने पलटकर उस मकान पर एक बार फिर नजर डाली। टूटे मठ की तरफ! वह उस मठ की तरफ देखना नहीं चाहता था, मगर अपने अंदर के तकाजे पर उसे मुड़कर देखना ही पड़ा। वह औरत अब भी जहाँ-की-तहाँ खड़ी थी। वह बच्चा किसी पतिंगे के पीछे लगा था। वह उस पतिंगे को पकड़ने की कोशिश कर रहा था। वह पतिंगा एक जगह से उड़कर और एक

जगह बैठ जाता था। पतिंगा जिस-जिस तरफ उड़ जाता था, बच्चा उसके पीछे-पीछे दौड़ जाता था। वह पतिंगा अगर उस बच्चे के हाथ लग जाता, तो उसकी मौत निश्चित थी! उस पतिंगे पर अनुराग को तरस आने लगा।

टिन दुकान की तरफ से आता हुआ रिक्शा, अनुराग के सामने से गुजरकर, अचानक फिर वापस लौटा! रिक्शे पर कोई अधेड़ औरत सवार थी! वह रिक्शा अनुराग के बिल्कुल करीब आ खड़ा हुआ। रिक्शे पर सवार औरत ने रिक्शेवाले से रिक्शे का हुड उतार देने को कहा। अनुराधा ने गौर किया, रिक्शे का हुड उतारते ही, मठ के करीब खड़ी औरत, बच्चे को लेकर, झटपट उस बाँस के बेड़े के अंदर अदृश्य हो गई।

रिक्शे पर सवार औरत ने अनुराग से सवाल किया, 'आपका नाम क्या है?'

'आपने मुझसे कुछ पूछा?' अनुराग अचकचा गया।

'जी हाँ!'

'अनुराग भट्टाचार्य!'

'कहाँ से आ रहे हैं?'

'दिल्ली से!'

यहाँ किससे मिलने आए हैं?'

'ठीक-ठीक किसी से मिलने नहीं आया। अपनी जन्मभूमि देखने आया था।'

'आप किस मकान के बेटे हैं?'

अनुराग ने उस टूटे मठ वाले मकान की तरफ इशारा करते हुए कहा, 'उस मकान का!'

'लेकिन यह तो मुखर्जी लोगों का मकान है। आपने तो बताया कि आप भट्टाचार्य हैं?'

'जी हाँ, बिल्कुल ठीक! मैं माधुरीबाला मुखर्जी का बेटा हूँ।'

'ओऽ! मधु' दी...!' महिला ने एक लंबी उसाँस छोड़ी, 'तुम मधु' दी के बेटे हो? तुम्हारी माँ कैसी हैं? तुम्हारे बापू की पीठ का दर्द अब चला गया न? चलो, चलो, मेरे साथ चलो! तुम मधु' दी के बेटे हो! ऐसी तपती धूप में खड़े तप रहे हो! तुम्हारे पुकार का नाम मंटू है न? हाँ, हाँ, मंटू ही है।'

'मेरा नाम अंजलि राय है! चलो, मेरे साथ चलो।'

इतना कहते हुए अंजलि रिक्शे की बायीं तरफ खिसक गईं। अनुराग क्या करे, वह तय नहीं कर पाया। यह अपरिचित भद्र महिला, जिस तरह मधु'दी, मधु'दी कहते हुए, उसकी माँ के बारे में बातें किए जा रही हैं। सबसे बड़ी बात है, वह उसके बचपन का पुकार नाम भी जानती हैं। खैर, चाहे जो भी हो, इस पल अपरिचित होते हुए भी, दरअसल उसकी दूर की कोई नहीं हैं। लेकिन, अनुराग ने तो तय किया

था कि वह ढाका होकर, दिल्ली लौट जाएगा। जो लोग अब उसके घर के मालिक बन चुके हैं, अभी थोड़ी देर पहले, उनसे मिले हुए बर्ताव का वह दुबारा सामना नहीं करना चाहता था। लेकिन अंजलि राय, जैसे उसे अपने साथ ले जाने के लिए जिद कर रही हैं। उसकी उपेक्षा वह कैसे करे? इस कदर प्यार का दावा? इतना अधिकार भरा आह्वान! अनुराग उस आह्वान का प्रतिउत्तर दिए बिना नहीं रह सका! छड़ी के सहारे वह धीरे-धीरे रिक्शे पर चढ़कर, अंजलि की बगल में जा बैठा।

रिक्शा माइज़पाड़ा बाजार की तरफ बढ़ चला।

अंजलि राय ने कहा, 'अब मैं बयासी साल की होनेवाली हूँ। अभी भी मुझे छड़ी वगैरह की ज़रूरत नहीं पड़ती। ढाका से मेरे बेटे ने बस में सवार करा दिया था। यहाँ टिन दुकान में उतरकर, मैंने रिक्शा लिया और चली आई।'

अनुराग बेतरह सकुचा गया। लेकिन, इस अपरिचित औरत का अभिभावक अंदाज में बातें करते हुए देखकर, उसे कहीं अच्छा भी लगा।

ग्यारह

आजकल सिद्धार्थ शंकर राय, ज्यादातर दिल्ली के फ्रेंड्स कॉलोनी में ही रहते हैं। कलकत्ते में ज़्यादा नहीं रहते। जब वे इंदिरा गाँधी सरकार में शिक्षा मंत्री थे, उन दिनों अनुराग की उनसे अच्छी-खासी दोस्ती हो गई। उसी दोस्ती की जगह से, अनुराग अपने चित्तरंजन पार्कवाले मकान से चलकर, फ्रेंड्स कॉलोनी, उनकी कोठी तक पहुँच जाता था। सिद्धार्थ शंकर की एक बड़ी खूबी यह थी कि उन्हें पूर्वी बंगाल का कोई बंदा मिल जाए, तो वे अपनी जुबान चुप नहीं रख पाते। उस पर से वह बंदा अगर कहीं विक्रमपुर का हुआ। तब तो बात ही नहीं! वे पल भर में अपने घर का सदस्य बना लेते। वे अपनी ऊँची पदवी तक भूल जाते थे। वैसे भी, वे सिर्फ शिक्षा-मंत्री ही नहीं थे। जब वे पश्चिम बंगाल के मुख्यमंत्री थे, तब नक्सली क्रियाकलाप बंद करने में, वे पूरी तरह कामयाब हुए! वैसे इस बारे में भिन्न राय की कायम थी। बाद में वे अमेरिका में भारत के राजदूत नियुक्त किए गए। कुछ दिनों पंजाब के गवर्नर भी रहे। अब उन्होंने अपने दिल्लीवाले मकान में एक चेंबर खोल लिया था। भारत में जो चंद प्रतिष्ठित आइनजीवी थे, वे उनमें अन्यतम् थे। इन दिनों, वे जिस मामले में बेतरह व्यस्त थे। वह था– बाबरी मस्जिद का मामला!

एक दिन, एक कागज दिखाकर, उन्होंने अनुराग से कहा, ‘‘यही है बाबरी मस्जिद वाली जगह की सैकड़ों साल पहले की भूगर्मस्थ तस्वीर! यहाँ कभी, कोई मंदिर था ही नहीं! कोई राम-मंदिर तो बिल्कुल ही नहीं था। बौद्धों की पूर्वकीर्ति के निशान भले पाए गए हों! लेकिन हिंदुओं का कोई मंदिर यहाँ नहीं मिला।’

यह जो विक्रमपुर का कोई बंदा पाते ही, वे अपना पद-पोजीशन भूलकर बोलने-बतियाने में जुट जाते हैं, आखिर क्यों? यह ख्याल आते ही, अनुराग को बेहद तकलीफ होती है। जब वह हाँसाड़ा गाँव से गुजर रहा था, उसे एक बार भी सिद्धार्थ शंकर राय

की याद नहीं आई। इसी गाँव में तो मानू' दा का घर था। अनुराग सिद्धार्थ शंकर राय को इसी नाम से संबोधित करता था। एक दिन, मानू' दा ने उसे हाँसाड़ा में अपने घर की एक तस्वीर भी दिखाई थी। उनके उस घर में कोई पक्का दालान नहीं था। छत भी टिन की थी। हाँ, दीवार और फर्श ईंट की थी। हाँ, पूरी तरह ईंट से बनी एक कोठरी जरूर थी, जहाँ नित्यकर्म निपटाते थे। ईंट के इस टॉयलेट के अलावा, घर में जो घाट था, वह भी ईंट से निर्मित थी– यह सब बताते हुए मानू' दा के चेहरे पर स्वभाव सुलभ हँसी बिखर गई थी। यानी घर पक्का नहीं थी, मगर पखाना पक्का बनवाया था। कैसी मजेदार बात है! हाँसाड़ा में घर के अलावा, ढाका के नवद्वीप बसाक लेन में मानू' दा का एक और घर भी था। 'पूजा' के मौके पर सारा परिवार मिलकर कलकत्ता से ढाका आता था। पहले वे लोग ढाका के नवद्वीप बसकि लेनवाले मकान में ठहरते थे। कुछ दिन वहाँ गुजारकर, वे लोग हांसाड़ा वाले घर में चले आते थे। उन दिनों को याद करतेहुए, मानू' दा रो पड़े थे। रोते-रोते ही उन्होंने कहा था कि अभी भी महीने में कम से कम एक दिन वे हाँसाड़ावाला घर, अपने सपने में देखते हैं। उस दिन उनकी रुलाई, रोके नहीं रुक नहीं रही थी। विक्रमपुर का कोई बंदा मिलते ही, वे इस हद तक खुल जाते हैं। ऐसा संबंध, सिर्फ अनुराग के साथ ही नहीं था। वे चाहे जितने भी व्यस्त हों, अनुराग ने गौर किया था, उसकी उपस्थिति से वे कभी विरक्त नहीं होते थे। मुमकिन है, उन्होंने सिर्फ तीस मिनट का ही वक्त दिया हो, मगर देखा यह गया कि वह घंटों गपशप करते रहे।

अंजलि राय के साथ रिक्शे में आते-आते। अनुराग को अचानक मानू'दा की यदि क्यों सताने लगी, उसे समझ में नहीं आया। मानू' दा अक्सर वे बात कहा करते थे कि बांग्ला देश में ढाका जैसा समृद्ध जनपद, कोई दूसरा नहीं है और विक्रमपुर तो उसमें क्रीम जैसा है। मानू' दा तो इस हद तक बंगाली है कि तिरासी वर्षों में भी हिंदी का पाठ नहीं पढ़ पाए। बंगला में बोलतेहुए, मानो उनकी प्राणशक्ति वापस आ जाती है, हालाँकि उन्होंने विलायत से बैरिस्टरी पास की है। राजनीति, पेशे के तकाजे पर उन्हें अँग्रेजी बोलना पड़ता है। लेकिन इसके लिए वे बंगला को खारिज नहीं करते। हिंदी के प्रति उनकी कोई दिलचस्पी नहीं है। यही अनुराग के साथ भी हुआ है। अपने नौकरी जीवन में गैर-बंगाली कर्मचारियों से आधी हिंदी, आधी बंगला मिलाकर, थोड़ी-बहुत हिंदी जरूर सीख ली है। हिंदी न जानते हुए भी, भारतवर्ष जैसे देश में रहा जा सकता है; राजदूत, गवर्नर जैसे पदों में नौकरी की जा सकती हे, इस बात के प्रगाण तो मानू' दा ख़ुद ही हैं।

माइजपाड़ा बाजार में दाखिल होने की राह में बरगद-पीपल के विशाल पेड़ खड़े थे। अनुराग का रिक्शा उसी बरगद तले आकर खड़ा हो गया। अंजलि राय ने रिक्शे वाले को डपट दिया कि उसने रिक्शा, यहाँ क्यों रोका। और आगे, घर के अंदर तक वह रिक्शा क्यों नहीं ले गया। यही तो है। हाँ, यही था। वह माइजपाड़ा बाजार रिक्शे वाले ने भी उसी तरह उत्तेजित लहजे में जवाब दिया कि माइज़पाड़ा बाजार, जहाँ अनुराग जाने कितनी ही बार आया करता था। इस बाजार की मिट्टी में उसके नन्हें पाँवों के निशान, अंकित हैं। अनुराग के वे नन्हें-नाजुक पाँव, अब पहले की तरह नरम नहीं रह गए थे। अब वह बूढ़ा हो चुका है। अब तो माइजपाड़ा बाजार की भी वह शानशौकत नहीं रही। जाने कैसा तो थका-थका, बियाबान लग रहा था। बरगद-पीपल की वह जोड़ी भी अब बुढ़ा गई है! बरगद के बिल्कुल करीब ही, दक्खिन दिशा में एक मस्जिद खड़ी कर दी गई थी। पोस्ट-ऑफिस, बरगद के पेड़ के पूर्व में था। वह घर तो वहाँ अब भी मौजूद था, लेकिन अब उसकी पहले की तरह शान-शौकत नहीं रही थी। वह पोस्ट ऑफिस अब काफी कुछ मिट्टी तले धँस गया था। वह पोस्ट-ऑफिस इतना नीचा तो नहीं था। पोस्ट-ऑफिस के पूर्व दिशा के करीब ही एक ट्यूबवेल भी हुआ करता था। बरसात के पानी में कहीं वह डूब न जाए, इसलिए उस ट्यूबवेल का सिरा काफी ऊँचा रखा गया था। अनुराग कभी भी ट्यूबवेल का हत्था या पानी उगलने वाले मुँह को नहीं छू पाया। इस बात को लेकर भी उसके मन में काफी मलाल रहा करता था। लेकिन उसके मन को एक तसल्ली भी थी कि बड़ा होकर, वह उस नल को छू सकेगा। यह ट्यूबवेल, इस अंचल के बाशिंदों के लिए पीने के पानी का एकमात्र आधार था। वर्षा के पानी में यह नल डूब न जाए। इसके लिए ट्यूबवेल का जगत काफी ऊँचा बनाया गया था। सीढ़ी के कई पायदान पार करने के बाद, पोस्ट-मास्टर तक पहुँचा जा सकता था। वही कमरा अब कितना नीचे धंस गया था। उस सीढ़ी का अब कोई अता-पता नहीं था। उस घर का फर्श, चारों तरफ से ईंट-सिमेंट से पक्का कर दिया गया था। अब वह गंथाई तक झरने लगी है। पोस्ट-ऑफिस का यह घर, माइजपाड़ा गाँव की शान-शौकत का प्रतीक था। काफी पहले से ही अब वह शान-शौकत भी ढहने लगी थी। अब यह पोस्ट ऑफिस महज खंडहर बनकर रह गया था। पोस्ट-ऑफिस के पिछवाड़े बैरागी लोगों का घर था। इस घर के मर्दों के निधन के बाद, यहीं उनकी समाधि बना दी जाती थी। बैरागी घर के एक निर्धारित कमरे में ऐसी कई समाधियाँ मौजूद थीं। यहीं सैकड़ों वर्ष पुराना एक अखाड़ा भी हुआ करता था। पता नहीं क्या तो नाम था उस अखाड़े का! अरे, हाँ, याद आया। अनुराग मन ही मन बुदबुदा उठा— विश्वरूप अखाड़ा! इस विश्वरूप अखाड़े पर केंद्रित विश्वरूप संप्राय की भी बुनियाद पड़ी थी। गोपाल बैरागी उम्र में जवान था, लेकिन बैरागी-घराने

के प्राणपुरुष थे। इसी विश्वरूप अखाड़े में रथ का मेला लगता था। सर्दी के मौसम में महा-उत्सव हुआ करता था। माघ के महीने में, छब्बीस तारीख को एक दिन को उत्सव आयोजित किया जाता था। इससे पहले तीन दिनों तक कीर्तन चलता था; जिसमें इस अंचल के सभी कीर्तन-मंडलियों को आमंत्रित किया जाता था। लगातार तीन दिन और तीन रात अखंड कीर्तन चलता था। कीर्तन खत्म होते ही, उत्सव शुरू हो जाता था। उसे कहा-उत्सव कहा जाता था। यह गाँव और पूरा अंचल, इस दिन का इंतजार करता था। अनुराग के अंदर भी इंतजार की बीन बज उठती था। वह उत्सव क्या अभी भी होता है? अनुराग का यह जानने का मन हो आया। हो सकता है वह उत्सव अभी भी चलता हो या बंद हो गया हो। रवि कैसा है? रवि दास? उसका सहपाठी दोस्त! इन दिनों वह कहाँ है? उसे तो इसकी भी जानकारी नहीं है। वह ज़रा उदास स्वभाव का था। औरों से बिल्कुल अलग-थलग! रवि के बापू, उमाचरण दास, अपने बेटे की इस उदासीनता को लेकर बेहद फिक्रमंद थे। उसी उम्र में अनुराग को यह बात समझ में आने लगी थी। रवि को साथ लेकर, बरखा के पानी में अपनी डोंगी, माइजपाड़ा की उत्तर दिशा, आड़ियाल नाले की तरफ बहा देता था। रवि जी भरकर, पूरे गले से गीत छोड़ देता था। उन गीतों का अर्थ, अनुराग को अच्छी तरह समझ में नहीं आता था। रवि के सारे गीत अध यात्मिक होते थे। रवि के साथ क्या एक बार भेंट हो सकती है? अनुराग के मन में उससे मिलने की तीखी चाह जाग उठी। उसने अंजलि राय से भी उसके बारे में दरयाफ़्त किया। लेकिन वे ठीक-ठीक पहचान नहीं सकीं। रवि के बापू का नाम लेते ही, वे झट पहचान गईं।

'रवि ने तो बाद में संन्यास ले लिया था। लोग उसे 'रवि साधु' कहकर पुकारने लगे थे।'

'अच्छा? अब वह कहाँ है?'

'अब वह कहीं नहीं है। माइजपाड़ा तो ख़ैर एक तरह से त्याग ही दिया था उसने। फरीदपुर के श्री अंगन में रहने लगा। सन् इकहत्तर के मुक्तियुद्ध के समय, वह वहीं था। पाकिस्तानी खान फौज ने श्री अंगन पर हमला बोल दिया और प्रार्थना में कीर्तनरत, आठ साधुओं पर ब्रश-फायर करके, उनकी हत्या कर डाली। उनमें रवि साधु भी था।'

'ख़ैर, अगर मैं रवि का जिक्र न छोड़ता, तो शायद बेहतर होता। मैंने तो इसकी कल्पना भी नहीं की बांग्लादेश के मुक्तियुद्ध में ऐसे जाने कितने ही साधु-संन्यासी शहीद हो गए।'

अनुराग का मन हुआ कि वह उन शहीद साधु-संन्यासियों की संख्या के बारे में दरयाफ्त करे। मुक्तियुद्ध में क्या सभी हिंदुओं ने हिस्सा लिया था, इस बारे में

उसे ठीक-ठीक जानकारी नहीं थी। लेकिन, बांग्लादेश में मुक्तियुद्ध का किसी ने विरोध किया हो, ऐसा नहीं लगता। किसी बांग्लादेशी लेखक की किसी किताब में उसने पढ़ा था कि इस देश में मुक्तिबुद्ध का विरोध किया गया हो, यहाँ तक हिंदू भी नहीं मिलेगा। कोई भी हिंदू रजाकार नहीं था।

रिक्शा त्रिनाथ मंदिर के पास आकर थम गया। बाजार क़ी पश्चिम दिशा के अंतिम छोर पर त्रिनाथ मंदिर! चूंकि आगे की राह बेहद संकरी थी, इसलिए रिक्शा आगे नहीं बढ़ सका। अनुराग उतर पड़ा! यह त्रिनाथ मंदिर उसे बेहद अपना लगा। बचपन में वह इस मंदिर को जिस स्थिति में, जिस जगह देख गया था, वह मंदिर उसी तरह मौजूद था। वहाँ पूजा-अर्चना भी होती है, इसके भी निशान मौजूद थे। लेकिन इन दिनों वहाँ कोई पुजारी नहीं है। त्रिनाथ मंदिर के पिछवाड़े एक छोटा-सा मैदान भी था। इस मैदान में मछुवारे अपने विशाल-विशाल जाल सूखने के लिए फैलाते थे। आज भी क्या वे लोग अपने जाल, वहीं सुखाते हैं? अनुराग उस मंदिर के सामने से गुजकर, उस मैदान में उतर गया। मैदान की उत्तरी छोर पर, आकाशचुंबी एक मठ! चलते-चलते अनुराग उस मठ के करीब जा खड़ा हुआ। उस पर नजर पड़ते ही पंछियों का एक झुंड मठ के ऊपर से उड़कर, दूर चला गया। चमगादड़ों का एक झुंड लगातार चीत्कार किए जा रहा था। मठ चारों तरफ से जंगलों से घिराहुआ! पूर्व दिशा का काफी सारा हिस्सा वेंत की झाड़ों से ढँकाहुआ! यह मठ राय घराने के श्मशान पर स्थित था। मठ अब सड़ने लगा था! बीच-बीच में ईंटें खिसकी हुईं! अनुराग जहाँ खड़ा था, वहाँ से मठ की फर्श भी साफ-साफ नज़र आती हुई। अनुराग ने अपने बचपन में देखा था, मठ के अंदर एक शिवलिंग हुआ करता था। लेकिन आज उसका कोई नामोनिशान नजर नहीं आया। मठ की बगल में एक छोटा-सा फलक! उस पर लिखे अक्षर काफी कूछ धुँधले पड़ गए थे। लेकिन अनुराग ने उस पर लिखाहुआ संदेश पढ़ने की यथासंभव कोशिश की। उस फलक पर लिखा हुआ था–'सन् 1992 की 31 आषाढ़, मंगलवार, 7 घड़ी में!' उसके नीचे लिखा था– अजय नारायण राय। उस फलक पर और संदेश पर भी उसकी नजर पड़ी– पुनःनिर्माण! वह समझ गया उल्लिखित सन्, तारीख को इस मठ का पुनःनिर्माण, अजय नारायण राय ने कराया था। इसी राय घराने के सत्येंद्रनाथ राय, बंबई के मशहूर आर्टिस्ट हुए थे। उनका एक और भाई भी था–शरतचंद्र राय! उनकी इस कोठी को अनुराग लोग, मणि बाबू की कोठी कहते थे। बीच के शरीक का नाम था–दिगेंद्र चंद्र राय! उत्तर की तरफ के शरीक का नाम था–विलास चंद राय! उसी राय परिवार का पारिवारिक श्मशान है–यह मठ! अनुराग को सारी बातें किसी तस्वीर की तरह याद

आ गईं। वह इस मठ के इतने करीब न आता, तो शायद इतनी आसानी से सारा कुछ याद नहीं आता। जो लोग इस श्मशान में चिर-निद्रा में सोए हुए हैं, वे सब कितने भाग्यशाली थे! इसी मिट्टी में उन्होंने जन्म लिया, इसी मिट्टी की रोशनी, हवा में वे बड़े हुए, इसी मिट्टी में आखिर साँस ली और इसी मिट्टी में सो गए। यह कितनी तकदीर की बात है, अनुराग से बेहतर भला और कौन जानता है! अपनी बात चलो, छोड़ो। वह तो इसी माइजपाड़ा में ही पैदा हुआ, लेकिन यहाँ रह नहीं पाया। यहाँ आखिरी साँस लेना भी संभव नहीं होगा। लेकिन उसके बापू? अपनी मौत से पहले उन्होंने कितनी सारी तकलीफ भोगी थी! वह घूम-फिरकर माइजपाड़ा की ही बातें करता रहा।

...उन दिनों वह सरकारी नौकरी में था। उसकी पोस्टिंग नदिया में थी। बांग्लादेश पर पाकिस्तानी लोग अंधाधुंध हमले बरसा रहे थे। बापू उस वक्त माइजपाड़ा-माइज़पाड़ा की रट लगाए हुए थे। पाकिस्तानियों के अत्याचार सहन न कर पाने की वह से, बांग्लादेश से हर रोज़ हजारों-हजार शरणार्थी आते जा रहे थे। उस हालत में बापू को माइजपाड़ा ले जाना असंभव बात थी! प्राणी मंडल के वामयन घटक, बापू के हमउम्र थे। वे राढ़ीखाल के सर जे. सी. बोस इन्स्टिट्यूशन के हेड-टीचर भी थे। बापू से वामन घटक की गहरी दोस्ती थी। अनुराग के संगी-साथी ही नहीं, ऊँची-ऊँची, क्लास के छात्र भी वामन घट से डरते थे। लेकिन अनुराग का मामला अलग था। बापू के साथ उनकी दोस्ती की वजह से, उसका भी वामन घटक के घर अबाध आना-जाना था! वह अपने बापू के साथ अक्सर आया-जाया करता था। वामन घटक खुद भी यहाँ आते-जाते रहते थे। कुल मिलाकर वामन घटक, उसे बापू के दोस्त के अलावा और कुछ नहीं लगे। बापू के प्रति उसके मन में जितनी श्रद्धा-भक्ति थी, उनके दोस्त के प्रति भी उसके मन में करीब-करीब उतनी ही भक्ति थी। वामन घटक ने ही एक बार उसे सलाह दी थी कि अगर मन उदास हो, तो कहीं बाहर घूम आना चाहिए, कहीं, किसी तीर्थ पर निकल जाना चाहिए। उनकी हिदायत याद आते ही उसने बापू को तीर्थ पर भेजने का फैसला किया, ताकि उनके मन में माइजपाड़ा जाने की छटपटाहट, थोड़ी-बहुत ही सही, कम हो जाए। उनका मन बदल जाए। जिस दिन उसने बापू को तीर्थ पर भेजने का जिक्र छेड़ा, वे कुछेक पल के लिए खामोश हो गए। उनकी जुबान से एक भी बात नहीं निकली।

थोड़ा ठहरकर उन्होंने सिर्फ इतना ही कहा, "इस दुनिया में माइजपाड़ा से बढ़कर, मेरे लिए कोई तीर्थस्थल नहीं है।"

बांग्लादेश का मुक्तयुद्ध खत्म होने से पहले ही बापू चले गए। उनका दाह-संस्कार कलकत्ता के केवड़ातला श्मशान में ही संपन्न किया गया। माइजपाड़ा मे नहीं हो

सका। बांग्लादेश स्वाधीन होने के बाद, अनुराग के कई सहकर्मी, दोस्त, अपनी जन्मभूमि देखने के लिए, बांग्लोदश गए, लेकिन अनुराग का जाना नहीं हो सका। अपने बापू का ख्याल मन में बसाए, वह आ नहीं सका! इस बार जब उसे अपनी उम्र का ख्याल आया, तो वह चला आया।

बारह

अंजलि राय के यहाँ दोपहर को खाना खाते हुए अनुराग को घूम-फिरकर अपनी माँ की याद आती रही। आजकल खाना खाने के लिए कितनी-कितनी तरह के इंतजाम किए जाते हैं। उन दिनों यह डाइनिंग-मेज वगैरह नहीं होती थी। आसन बिछाकर खाना खाते थे। माइजपाड़ा के हर घर में यही व्यवस्था थी। यही स्वाभाविक भी था। ग्रामीण जीवन की स्वाभाविकता! शहरी व्यवस्था के बारे में अनुराग को जानकारी नहीं थी। शहरी जीवन से उनका कोई परिचय नहीं था। शहर वह कभी गया भी नहीं। कलकत्ता में गुजारी गई जिंदगी तो जंग की जिंदगी थी! अनुराग के माँ-बापू, घर-ख़र्च से रुपए-पैसे बचाकर, अनुराग और उसकी बहन की पढ़ाई की तरफ अतिरिक्त ध्यान देते थे। उन दिनों डाइनिंग-मेज का इंतजाम करने की बात कोई सोच भी नहीं सकता था। माइजपाड़ावाले घर में जैसे आसन बिछाकर खाने का इंतजाम था, कलकत्ता में भी उसमें कोई तरक्की नहीं हुई। माइजपाड़ा के घर में आय-व्यय का खास कोई हिसाब-किताब नहीं था। जो था, वह परिवार के मुखिया लोगों के अलावा, बाहरी किसी व्यक्ति को इसकी जानकारी नहीं होती थी। लेकिन, कलकत्ता में शरणार्थी जीवन, बापू की अथक मेहनत, निश्चित आय में ही हर तरफ सम्हालना—यह सब कुछ मिलाकर, गृहस्थी के आय-व्यय का मसला, किसी से छिपा नहीं था। माँ-बापू, दोनों ही माइजपाड़ा का ऐश्वर्यशाली जीवन छोड़कर, वहाँ पहुँचे थे, मगर उनलोगों ने हिम्मत नहीं हारी। वे दोनों हर कदम काफी फूँक-फूँककर उठाते रहे। माँ कभी-कभी सबसे छिपकर, आड़ में लंबी उसाँसें भी भरती थीं, कभी आँखों से आँसू पोंछ लेतीं। इन सब पर अनुराग की कभी निगाह नहीं पड़ी। उसने जुबान खोलकर कभी, कुछ कहा भी नहीं। लेकिन, वह समझता सबकुछ रहा। एक दिन ऐसा भी हुआ जब वे लोग शरणार्थी शिविर में रहते थे और दिन भर फाके में गुजरे थे। परिवार के पाँचों सदस्यों में से किसी के भी मुँह में भी खाने का एक निवाला तक नहीं गया था उस दिन अनुराग, सीमारेखा को देखकर चकित रह गया था। यूँ तो सीमारेखा

काफी चुप्पी थी। बहुत कम बोलती थी। जिंदगी में पहली बार, उस दिन वह भी नहीं उठी। वह भी बिना खाए-पीए थी। इससे पहले, वह कभी भूखी नहीं रही थी। उस दिन वह सिर्फ पढ़ती रही। किताब छोड़कर, वह एक पल भी नहीं उठी। उस दिन के उपवास ने सीमारेखा को पढ़ाई के प्रति और भी ज्यादा एकाग्र कर दिया था। माँ दिन भर इधर-उधर हाथ-पाँव मारती रहीं, मगर नाकाम रहीं। शाम ढलने के भी काफी देर बाद, बापू जब तीन सेर चावल लेकर लौटे, तब माँ ने फटाफट भात पकाया और सबके लिए खाना परोस दिया। सबसे पहले उन्होंने सीमारेखा को ही खाने को बैठाया। लेकिन सीमारेखा ने तब तक उस भात को हाथ नहीं लगाया, जब तक माँ-बापू और बाकी लोगों ने खाना नहीं शुरू किया। सभी लोग स्वाभाविक तरीके से खाना खाते रहे। उस दिन खाने में काफी देर हो गई थी। बापू चावल लेकर रात ग्यारह बजे तो लौटे ही थी। उस दिन उन्होंने तीन सेर चावल कैसे जुटाए थे। अनुराग को आज भी नहीं मालूम! हाँ, उसके मन में यह जानने की तीखी चाह जरूर थी। लेकिन इस बारे में उसने बापू से कभी, कुछ नहीं पूछा। बापू कहीं सकुचा न जाएँ! वैसे भी, जिंदगी में कोई-कोई बात अजानी रह जाए, तो बेहतर! सारा कुछ जानने के चक्कर में कभी-कभी पूरा का पूरा खो देना होता है। उस दिन, जिस वक्त उसका परिवार खाना खाने बैठा था, तब तक आस-पास के घरों के लोग गहरी नींद सो चुके थे। माँ ने शरणार्थी शिविर के अड़ोसी-पड़ोसी को इस बारे में जरा भी भनक नहीं लगने दी। भात का पहला निवाला, मुँह में डालते ही, सीमारेखा फूट-फूटकर रो पड़ी। उस दिन किसी से भी ठीक तरह खाया नहीं गया। सीमारेखा ने उस दिन एक साथ घर के सभी फर्द को रुला दिया। सीमारेखा को अपने सीने में दुबकाकर बापू भी जी भरकर रोते रहे। माँ की सिसकियाँ काफी दबी-दबी थीं। रोते-रोते भी वे बापू को तसल्ली देती रहीं कि हमारी ऐसी हालत हमेशा नहीं रहेगी। बापू की अथक मेहनत के फलस्वरूप माँ के भगवान ने कुछ ही सालों में हमें सुदिन का मुँह दिखाया। उस दिन के बाद, अनुराग के मन में भी काफी बड़े किस्म का परिवर्तन आ समाया। उस दिन के बाद, अनुराग ने कभी भात बर्बाद नहीं किया। कोई खाना नष्ट नहीं किया। किसी को खाना बर्बाद करते देखकर, उसने सविनय टोक दिया; खाना बर्बाद न करने की विनती की। किसी ने उसकी बात सुनी, किसी ने नहीं सुनी।

आज, यह जो अंजलि राय के यहाँ वह खाने बैठा था, उन्होंने आसन बिछाकर, उसे खाने के लिए बिठाया था। काफी अर्से बाद, वह आसन पर बैठकर खा रहा था। कलकत्तावाले घर में माँ ने उसी तरह का इंतजाम किया था, जैसा कि माइजपाड़ावाले

घर में था। अनुराग को बिल्कुल उम्मीद नहीं थी कि माइजपाड़ा में इसी तरह का परिवेश मिलेगा। भले यह कुछेक घंटे के लिए ही हो!

खाते-खाते ही उसने अंजलि राय से जानना चाहा कि उनके टूटे मठवाले घर में अब कौन रहता है।

अंजलि राय ने बेहद अचकचाई हुई नजरों से अनुराग की तरफ देखा।

उन्होंने काफी तैश भरे लहजे में पूछा, 'क्यों? तुमने उन लोगों से पूछा नहीं?'

'ना—'

'क्यों?'

'मैं तो उस घर के अंदर गया ही नहीं।'

'यह कैसी बात? जरूर उनलोगों ने तुम्हें घर के अंदर घुसने नहीं दिया होगा।'

अनुराग ने कोई जवाब नहीं दिया! उसके अंदर एक असहनीय तीखा-सा दर्द कुंडली पकाता रहा। दर्द की कुंडली, जबरन, व्यक्त होने के लिए जोर लगा रही थी, लेकिन अनुराग ने उसे व्यक्त नहीं होने दिया। वह भात उकेरने में लगा रहा। इस अपरिचित, सद्यः परिचित महिला के सामने वह अपना दर्द जाहिर नहीं करना चाहता! दर्द जाहिर करके, अब फायदा भी क्या था? इससे समस्या का कोई समाधान तो होना नहीं था बल्कि परिवेश और भारी हो उठेगा। इससे दर्द कम होने के बजाय और बढ़ जाएगा। इसके अलावा, इस उम्र में अपनी पीड़ा, सिर्फ एक ही प्राणी के आगे जाहिर की जा सकती थी। लेकिन वह प्राणी अब इस दुनिया में नहीं रहा। अगर वह ज़िंदा होती, तो अनुराग के साथ जरूर माइजपाड़ा के इस सफर की संगी होती। वैवाहिक जीवन में उसने, उससे कोई भी बात नहीं छिपाई। अनुराग को पक्का विश्वास है कि जिंदगी में दो लोगों से कुछ भी नहीं छिपाया। जा सकता। छिपाना उचित भी नहीं है। वे दोनों ही औरत हैं। एक, माँ और दूसरी पत्नी! पत्नी से अगर कुछ भी न छिपाया जाए, तो अपने को ज्यादा शुद्ध-पवित्र रखा जा सकता है। इससे मन और घर-गृहस्थी में शांति बनी रहती है।

अनुराग की अपने कर्म-जीवन में एक दरवेश से भेंट हुई थी। राँची में गर्मी के मौसम में एक दिन वह अपने दफ्तर में बैठा-बैठा फाइल देखने में दत्तचित्त था। ऐसे में एक सज्जन, बिना अनुमति लिए, उसके चेंबर में घुस आए। सज्जन का चेहरा, लंबी-लंबी दाढ़ी से भरा हुआ! शरीर पर कहीं बूँद भर भी चर्बी नहीं थी। गर्मी के मौसम के बावजूद, वह ढीलमढाल लबादा पहने हुए था। अनुराग के चेंबर में घुसते ही, उसने खाना माँगा। अभी कुछ देर पहले ही अनुराग ने दोपहर का खाना खत्म किया था। इसके अलावा किसी अनजान-अपरिचित व्यक्ति का यूँ चेंबर में घुस आना, बिना कुछ कहे-सुने, सीधे खाने की माँग करना, अनुराग को शोभन नहीं लगा। फिर भी वह व्यक्ति, उस हालत में भी कोशिश करके, इधर-इधर की बातें किए जा रहा

था। अनुराग हमेशा से ही अच्छा श्रोता रहा है। वह बोलता कम था, सुनता ज्यादा था। उस दिन भी इसका अन्यथा नहीं हुआ।

उस दरवेश ने विदा लेकर जाने से पहले कहा था, 'चाहे जिस भी उम्र का बच्चा हो, अगर बीमार हो जाए, तो उस बच्चे के किसी भी अंग को छूकर, माँ उसे मन की आँखों से देख लेती है। दुनिया में एकमात्र माँ के लिए ही यह संभव है। अपने बदन का कुछ भी माँ से गुप्त नहीं रखा जा सकता। माँ, से कोई कुछ भी छिपा कैसे सकता है? माँ तो अपने बच्चे की किसी भी उम्र में, किसी भी वक्त, उसे छूकर देखने का हक रखती है। माँ के इस देखने में अबाध स्नेह के अलावा और कुछ नहीं होता। जिस स्नेह के साथ, दुनिया की अन्य किसी चीज की भी तुलना नहीं होती। और पत्नी? वह तो पति के अंग-अंग की दावेदार होती है...'

'.........................' अनुराग चुपचाप सुनता रहा!

'पत्नी के आगे, कमर की काली डोरी के अलावा सबकुछ उन्मुक्त कर देना होता है! कुछ भी गुप्त नहीं रहता, रहना चाहिए नहीं!–' दरवेश ने दुबारा कहा, 'उससे कुछ भी छिपाया नहीं जा सकता। यूँ भी उससे कुछ छिपाने जैसी मूर्खता और कुछ नहीं होती। जो लोग अपनी पत्नी से कुछ छिपाते हैं, वे लोग सच्चे और ईमानदार नहीं होते। ऐसे झूठे और बेईमान लोगों की जिंदगी में कभी शांति नहीं होती। वैसे झूठे और बेईमान लोग अपने को बेहद बुद्धिमान समझते हैं। सच पूछें, तो उनके जैसा नासमझ दुनिया में और कोई नहीं है। ऐसे लोग खुद ही अपने को तबाह कर लेते हैं। वे लोग अगर अपनी पत्नी के दोस्त बने रहते हैं, उनसे अपनी जिंदगी की कोई बात नहीं छिपाते, तो वे बड़ी आसानी से अपना जीवन सुखी बना सकते हैं।' दरवेश इतना कहकर थम गया।

उसने हाथ धोने के बजाय, एक कागज से पोंछ लिया और खाने की थाली खिसकाकर उठ गया। अनुराग उसकी तरफ एकटक देखता रहा, जब तक वह दरवाजे के फाँक से नजर आता रहा।

उस दरवेश को अनुराग ने फिर कभी नहीं देखा। वैसे इसके पहले भी कभी नहीं देखा था। जिंदगी में सिर्फ वही एक दिन उसने दरवेश को देखा था और ज़िंदगी में सिर्फ एक दिन ही या एक ही बार उसका सामना होने वाला था। जब उसकी पोस्टिंग रांची में थी, उसकी बीवी दिल्ली में रहती थी। चूँकि बच्चों वगैरह का स्कूल था, इसलिए वह उन सबको सम्हालने के लिए, वहीं दिल्ली में रहती थी! अनुराज की एक नई सहकर्मी ट्रांसफर होकर रांची आई। उस कुँवारी महिला सहकर्मी के प्रति अनुराग जरा आकर्षित होने लगा। लेकिन यह बात उसने अपने मन में ही दबाए रखा। ज़िंदगी में सिर्फ यही एक बात उसने अपनी बीवी से छिपाई थी। उन्हीं दिनों वह दरवेश अचानक उसके दफ्तर में आ धमका।

अनुराग अगले दिन ही हफ्ते भर की छुट्टी लेकर दिल्ली चला गया। अब तक जो राज उसने अपनी बीवी से छिपाए रखा था, निश्छल भाव से उसे सारा किस्सा बता दिया। बीवी ने जवाब में एक शब्द भी नहीं कहा। वह सिर्फ सुनती रही। अनुराग को आभास हो गया कि उन दोनों में कहीं, कोई खिंचाव आ गया है। काँच पूरी तरह टूटने से पहले, जैसे चिटख जाता है, वैसे ही उन दोनों का रिश्ता, कहीं से चिटख गया है। छुट्टी खत्म होते ही अनुराग जब रांची के लिए रवाना होने वाला था, उसकी बीवी भी अपने सूटकेस समेत उसके साथ हो ली। इसके बाद, वे दोनों कभी अलग-अलग नहीं रहे। वैसे मरते दम तक उसकी बीवी ने इस बारे में कभी कोई जिक्र नहीं छेड़ा। लेकिन इस वजह से जिंदगी भर के लिए छोटा हो गया। लाख कोशिशों के बावजूद, वह अपनी पत्नी और अपने रिश्ते में पड़ी दरार को कभी भर नहीं पाया। वैसे किसी भी इंसान की जिंदगी क्या पूरी तरह निष्कलुष होती है? नहीं, नहीं होती! होना संभव भी नहीं है। अनुराग अपने को यही समझाकर, तसल्ली देता रहा।

तेरह

दोपहर को खाने के बाद, जरा देर आराम न करे, तो अनुराग का नहीं चलता। अंजलि राय का यह मकान काफी पुराना था। पुराने मकान की एक अलग ही गंध होती है! सीलन की गंध इसलिए ज्यादा प्रखर हो उठी भी, क्योंकि यह घर जन-मानवहीन था। अंजलि राय के अलावा इस घर में और कोई नहीं था। हाँ, एक नौकर और रसोइया जरूर मौजूद था। लेकिन वे दोनों ठीक-ठीक घर के सदस्य नहीं कहे जा सकते थे। वे लोग वक्त-वक्त से आते थे, काम खत्म करके चले जाते थे। इस मकान में अंजलि राय के हर पल का संगी था, एक अदद कुत्ता! दो अदद बिल्लियाँ! हाँ, चमगादड़ों की लगातार किचिर-मिचिर। समूचे घर को कर्कश सुर में डुबाए रखता था। घर की दूसरी मंजिल के एक कमरे में, जिसे माइजपाड़ा के लोग 'कोठा' कहते थे, वहाँ वह आराम कर रहा था! अंजलि राय बगल के मंदिर में गई थी। इधर काफी दिनों से वे बेटे के पास थीं, इसलिए लंबे अर्से से उनका मंदिर जाना नहीं हो पाया। अनुराग सैकड़ों वर्ष पुराने इस मकान में कुछेक पल सोना चाहता था। तबीयत जरा ताजा हो जाए, तो शाम के वक्त, वह माइजपाड़ा से ही ढाका के लिए रवाना हो जाएगा। माइजपाड़ा आकर, उसे जितना खुश होना चाहिए था, उसकी तुलना में उसका मन बेतरह बुझ आया। टूटे मठ के बारे में, अपने घर के बारे में अब वह बिल्कुल नहीं सोचना चाहता था। याद न करना चाहकर भी, वह इसी घर को देखने के लिए, सुदूर दिल्ली से चलकर, यहाँ तक आ पहुँचा था। अब उसे बार-बार यही लग रहा था कि अगर वह न आया होता, तो बेहतर होता! माइजपाड़ा के बारे में उसके दिल में जो यादें बसी थीं, वह उसी में मगन रहता, तो बेहतर था। वैसे माइजपाड़ा जिस हद तक बदल गया था, अनुराग को बिल्कुल बुरा नहीं लगा। उसका दृढ़ विश्वास है, परिवर्तन ही जीवन है! अगर बदलाव न आए, तो तरक्की कैसे होगी। अब अनुराग की ही तीन पीढ़ी को लिया जाए, तो वह इतनी सारी राह चलकर, भागकर माइजपाड़ा नहीं आता। वह भी इस उम्र में! उसके बेटे-बेटी के मन में माइजपाड़ा के लिए

खास कोई आकर्षण नहीं था। दिल्ली के चित्तरंजन पार्कवाले घर के लिए भी उसकी बेटी के मन में भी जो आकर्षण था, उसका एक प्रतिशत आकर्षण भी उसकी नातिन के मन में नहीं था। उसके लिए तो जेनेवा ही उसका शहर, उसका देश, उसकी जन्मभूमि था। उसकी नातिन तो अपने डैडी, अपनी मौम, अपने दोस्तों से लगातार और अनर्गल फ्रेंच में बातें करती रहती है। अनुराग जितने दिनों जेनेवा में था, उसने अपनी नातिन की आवेगहीनता महसूस की थी। यह आवेगहीनता ही उसे तकलीफ देती थी। आदमी आखिर मशीन तो है नहीं। आवेग के बिना, वह इंसान के जीवन की कल्पना भी नहीं कर सकता।

अनुराग समझ गया, उसे नींद नहीं आनेवाली! फिर भी वह कुछ देर आँखें मूँदे पड़ा रहा। इस वक्त अगर कुछ पढ़ रहा होता, तो शायद उसे नींद आ जाती। पढ़ाई की बात याद आते ही, अनुराग को पिछली शाम का ख़्याल हो आया। पिछली शाम भाग्यकुल बाजार में नूरूलहुसैन ने अपने एक पूर्व छात्र से परिचय कराया था। उस सज्जन ने कुछेक कागज उसे थमा दिए थे। अनुराग को भी कागजों का एक सेट सौंप दिया था। वह कोई किताब या पत्रिका नहीं थी, कंप्यूटर पर प्रिंट किए हुए, कुछेक कागज थे। उन कागजों के हर पन्ने पर नीचे की तरफ, छोटे-छोटे अक्षरों में किसी वेबसाइट का पता भी छपा हुआ था। कल उसने वह कागज अपने हैंडबैग में भर लिये थे, उन्हें अब तक नहीं निकाला था। उसने उठकर अपने हैंडबैग से वे कागज निकाल लिए और नींद आ जाने की उम्मीद में, उन कागजों पर निगाह दौड़ाने लगा।

उन कागजों के हर पन्ने पर तारीख भी दी हुई थी।

पहले कागज पर, फरवरी, सन् दो हज़ार तीन अंकित था। शुरू में एक छोटे-से पैराग्राफ में भूमिका दी गई थी। उसके बाद क्रम से कुछेक केस-स्टडी!

पहली केस-स्टडी, सातक्षीरा जिले के मुकुंदपुर गाँव की थी! इसमें बताया गया था कि सातक्षीरा जिले के उक्त गाँव के रामप्रसाद देवनाथ, अमित देवनाथ, मदन मोहन घोष, साधन घोष और संतोष विश्वास से, चंद स्थानीय लोगों ने चंदे के तौर पर पाँच लाख रुपयों की माँग की। चंदा देने में असमर्थता जाहिर करते ही, दस लोगों ने मिलकर, उक्त व्यक्तियों के घरों पर हमला बोल दिया और वह भी दिन के उजाले में! स्थानीय प्रशासन, थाना-पुलिस चूँकि इस मामले में पूरी तरह निष्क्रिय थे, इसलिए हमलावर पाँचों लोगों के घरों से कम से कम पाँच लाख रुपयों का माल, नकद रुपए, सोने के गहने लूट ले गए। लूट-पाट करते समय उन घरों के दस लोगों को बेतरह जख्मी भी कर डाला। हमलावरों का परिचय देते हुए, यह बताया

गया था कि उन लोगों में सिर्फ मुसलमान कट्टरवादी ही नहीं थे। सत्ताधारी गठजोड़ सरकार के स्थानीय कैडर और तालिबान मूवमेंट के समर्थक भी शामिल थे। इसके बाद की घटना नोवाखाली जिले के माइजदी बाजार की थी। स्थानीय मुसलमान कट्टरपंथी उग्रवादियों ने विपुल देवनाथ नामक, एक हिंदू व्यापारी की दुकान पर हमला किया और तीन लाख रुपयों का सामान और नकदी लूट ले गए। हमलावरों ने किसी बाज महफिल के लिए, विपुल देवनाथ से पचास हजार रुपयों का दावा किया। विपुल ने इतने सारे रुपए देने में असमर्थता जाहिर की। बस, इसी वजह से उसकी दुकान पर हमला बोल दिया गया और यूँ लूट-राज मचाया।

तीसरी केस-स्टडी ढाका की थी। टंगी के आरिचपुर गाँव के देवनाथ के घर पर आक्रमण किया गया और मदरसे के छात्र उसके घर से पच्चीस हज़ार रुपए और सोने के गहने वगैरह लूट ले गए।

चौथी केस-स्टडी बंदरवन की थी! शंख नदी के तट पर, खोवाई भूंरग मरमा नामक एक अट्ठाइस वर्षीय बौद्ध आदिवासी नौजवान की लाश मिली है। कुछ दिनों पहले किसी स्थानीय कट्टरवादी संगठन ने मरमा परिवार से एक लाख रुपए चंदे की माँग की थी। यह बताना फिजूल है कि बंदरवन, बांग्लादेश का सबसे दुर्गम पहाड़ी इलाका है। यहीं कट्टरवादियों के प्रशिक्षण का गुप्त शिविर भी स्थित था। अंतर्राष्ट्रीय प्रचार माध्यमों का तो यहाँ तक कहना है कि कुछ दिनों पहले, ओसामा बिन लादेन का सेकंड-इन-कमांड, बांग्लादेश के सफर पर आया था। तालेबान का सेकंड-इन-कमांड इसी बंदरवन से होकर ही बांग्लादेश में दाखिल हुआ था। इस जिले के गहरे-दुर्गम पहाड़ों में जो असंख्य ट्रेनिंग कैंप चल रहे थे, उसने घूम-घूमकर उन कैंपों का परिदर्शन किया। जाहिर है कि समूचे बंदरवन जिले में इन सब ट्रेनिंग कैंप चलाने वालों का हुक्म ही चलता था। जिस मरमा परिवार से एक लाख रुपयों की माँग की गई थी, जब उन लोगों ने इतने सारे रुपए देने में असमर्थता प्रकट की, तो उन लोगों ने उस परिवार के बड़े बेटे, खोवाई भूंरग मरमा का ही अपहरण कर लिया। अपहरण के बाद, रुपयों के लिए बार-बार तकाजा करने के बाद भी रुपए वसूल न हो सके। सच तो यह था कि मरमा परिवार अगर अपना समूचा घर-द्वार भी बेच देता, तो भी एक लाख रुपए इकट्ठे करना, उनलोगों के लिए संभव नहीं था। चंदे के रुपए न पाकर, चंदे के दावेदारों ने मरमा परिवार के उस बेटे को कत्ल कर डाला और उसे नदी किनारे फेंक गए।

इसके बाद की घटना बगुड़ा के गोपाल चंद्र के बारे में थी। इस शहर के सनत चंद्र के बेटे, गोपाल चंद्र का कुछ लड़कों ने अपहरण कर लिया। गोपाल एक बस-ड्राइवर था। स्थानीय मदरसे के एक दल छात्र ने, बिना किराए के बस में सवार होने के लिए, गोपाल पर जोर-जबर्दस्ती की। जब गोपाल इसके लिए राजी नहीं

हुआ वे लोग उसे उठा ले गए। अपहरण के तीन दिनों बाद, गोपाल की लाश ढाक-बगुड़ा सड़क के करीब पड़ी हुई मिली। स्थानीय पुलिस प्रशासन ने गोपाल की मौत को सड़क दुर्घटना के रूप में दर्ज करके, उसकी लाश मुर्दाघर भेज दी।

नाटौर के ललनपुर के स्थानीय मुस्लिम धर्मांध ग्रुप के मुखिया, अज़ीज़ुर रहमान ने अनूप कुमार, नामक एक डॉक्टर से तीन लाख सत्तर हजार रुपए चंदा माँगा। अनूप कुमार की उतना चंदा देने की औकात नहीं थी। उसने हाथ जोड़कर माफी माँगी। उन लोगों ने अनूप कुमार को महीने भर का वक्त दिया और उससे ज़ोर-जबर्दस्ती पचास रुपए के एक स्टांप-पेपर पर दस्तखत भी करा लिया। एक महीने बाद उन्होंने चंदे के रुपयों के लिए दुबारा तकादा किया। उसने फिर लाचारी जताई। अज़ीज़ुर रहमान दल-बल हथियारबंद होकर उस पर टूट पड़ा। इन दिनों अनूप कुमार बगुड़ा के एक अस्पताल में मौत से जूझ रहा है!

राजशाही के करीब भारत-बांग्लादेश के निकटवर्ती इलाके के सोनाइकान्दी के एक मंदिर में, मदरसे का एक छात्र दल जबर्दस्ती घुस आया। उन लोगों ने मूर्ति तोड़-फोड़ डाली और मंदिर में संचित बेशकीमती सामान लूट ले गए, जिसकी कीमत दो लाख रुपयों से भी ज्यादा थी। स्थानीय हिंदुओं के मंदिर पर हमले और प्रतिमा तोड़ डालने की वजह से, वहाँ के लोग काफी दहशत में थे, क्योंकि धर्मप्राण हिंदू, मुसीबत के वक्त, जब अपने को निरुपाय महसूस करते हैं, तब मंदिर जाकर देवता के शरण और सहारे के लिए प्रार्थना करते हैं। लेकिन जब उसी देवता को जमीन पर भूलुंठित कर दिया जाता है, तब उनके लिए पनाह की और कोई जगह नहीं होती। ऐसे में वे लोग अपने को नितांत असहाय-निरुपाय महसूस करते हैं! इसी असहाय-बोध की वजह से वे लोग आश्रय की तलाश में, सुरक्षा की तलाश में, सरहद पार करके, भागते फिरते हैं। बांग्लादेश के हिंदुओं के लिए अब तीन ही रास्ते खुले हैं। एक, धर्म बदलकर मुसलमान हो जाएँ, जो धर्मप्राण हिंदुओं के लिए मौत के बराबर है। दो, आत्महत्या कर लें। तीन, देश-त्याग करके, सीमा लाँघकर, भारत चले जाएँ। इसमें से कोई भी राह, स्वस्थ-स्वाभाविक इंसान के लिए आसान नहीं है। इनसे बाहर, हिंदुओं के लिए और कोई राह खुली हुई नहीं है। हाँ, एक आखिरी कोशिश जरूर की जा सकती है। अंतर्राष्ट्रीय दबाव डाला जाए। अगर यह उपाय प्रभावशाली ढंग से लागू किया जाए, तो मुमकिन है कि हिंदू समुदाय, बांग्लादेश में अपने नागरिक अधिकार के साथ रह सकेंगे। लेकिन इसके बावजूद बांग्लादेश के संविधान में धर्मनिरपेक्षता मौजूद नहीं है। जो संविधान धर्मनिरपेक्षता-वर्जित है, उसमें बांग्लादेश के सारे गैर-मुस्लिम लोग दूसरे दर्जे के नागरिक हैं! अब तो इस्लाम को जातीय धर्म घोषित करने के बाद, गैर-मुस्लिम लोग तीसरे दर्जे के नागरिक बन गए हैं! यह देश जिस तरह इस्लामी कट्टरवादियों द्वारा नियंत्रित हो रहा है उसके

मुताबिक तो भविष्य में संविधान में धर्मनिरपेक्षता को जगह देने की कोई संभावना नजर नहीं आती। साथ ही जातीय धर्म के तौर पर इस्लाम के खारिज होने की भी कोई संभावना नजर नहीं आती। बल्कि अब तो किन-किन और चीजों का इस्लामीकरण किया जा सकता है, नए सिरे से यह कोशिश जारी है।

अगली केस-स्टडी में, शीला वर्मन नामक किसी लड़की की आत्महत्या की घटना का उल्लेख किया गया था। चौदहसाला एक लड़की ने इसलिए खुदकुशी कर ली, क्योंकि वह किसी स्थानीय मुसलमान लड़के के बलात्कार का शिकार हो गई थी! जब वह स्कूल से वापस लौट रही थी, उसके मुँह में कपड़ा ठूँसकर, मुसलेउद्दीन अहमद नामक लड़का, उसे करीब के जंगल में घसीट ले गया और उसने बेहद दरिंदगी से उस पर जोर-जुल्म बरसाया। उसने अपने बप्पा से इस बारे में न्याय माँगने की विनती की। उसके बप्पा ने उसे यह हादसा भूल जाने को कहा और खुद फूट-फूटकर रो पड़े। बाद में शीला न्याय की माँग करते हुए, खुद ही थाने पहुँच गई। थाने में उसकी फरियाद नहीं सुनी गई। शीला की तरफ से कोई ममाला दर्ज नहीं किया और मुसलेउद्दीन को ख़बर दे दी। मुसलेउद्दीन स्थानीय मदरसे की किसी ऊँची क्लास का छात्र था । वह दल-बल समेत थाने में आया और न्याय की विनती करती हुई शीला को उठा ले गया और तीनों ने मिलकर उस पर दुबारा जुल्म किया। अगले दिन शीला ने आत्महत्या कर ली।

नाटौर के बड़ईगाँव थाना के अहमदपुर गाँव का व्यवसायी, रणजीत कुमार! स्थानीय छोकरों ने उससे इस्लामी जलसे के लिए पचास हजार रुपये चंदा माँगा। उसने देने से इन्कार कर दिया। रणजीत सन् इकहत्तर में बांग्लादेश के स्वाधीनता-संग्राम का मुक्तियोद्धा था। चंदा देने से इन्कार करने पर, उन छोकरों ने उसे सड़क पर पटककर खूब मारा-पीटा। बेतरह क्षत-विक्षत रणजीत का इन दिनों ढाका के गैर-सरकारी अस्पताल में इलाज चल रहा है।

इसी तरह का एक और केस-स्टडी, ढाका जिला के साभार में स्थित उत्तरपाड़ा का विश्वनाथ कर्मकार! उसके साथ भोलानाथ, गंगानाथ और शिवनाथ कर्मकार भी लपेट लिए गए। जमात-ए-इस्लामी की छात्र-संगठन के छात्र-शिविर के स्थानीय कैडरों ने उनसे पाँच लाख रुपये चंदा माँगा। उन लोगों ने असमर्थता जाहिर की। छात्र-शिविर का एक गिरोह, उत्तरपाड़ा में उन तीनों लोगों का तमाम माल-असबाब लूट ले गया। जाते-जाते पेट्रोल डालकर, उनके घरों में आग लगाते गए। घर का बचा-खुचा सामान जो वे लोग लूट नहीं सके, देखते ही देखते, पल भर में जलकर राख हो गया।

ये चंद हादसे पढ़ते-पढ़ते अनुराग रुक गया। इससे आगे उससे पढ़ा नहीं गया उसके अंदर कोई अव्यक्त यंत्रणा हलचल मचाने लगी। ये चंद घटनाएँ पढ़ते हुए, वह दर्द से भर उठा। जो लोग इन सब घटनाओं के शिकार हुए थे, वे कितने दर्द

से गुजरे होंगे—अनुराग ने खुद अपने से सवाल किया। पढ़ने के लिए उसने पढ़ना नहीं शुरू किया था। उसने तो इसलिए पढ़ना शुरू किया था, ताकि उसे नींद आ जाए। लेकिन उसने पढ़ने के लिए जो सामग्री चुनी, उससे नींद तो नहीं आई, हाँ, मन की टीस और बढ़ गई। चूँकि उसे नींद नहीं आ रही थी, तो अब लेटे रहने से फायदा? वह उठकर ढाका रवाना हो जाए, यही बेहतर है। लेकिन, बाहर तीखी धूप बरस रही थी। धूप थोड़ी ढल जाने से पहले बाहर निकलने का उसका मन नहीं हुआ। इसके अलावा इस घर की मालकिन भी अभी तक नहीं लौटी थी। जाते हुए कम से कम एक बार तो उन्हें बताकर जाना चाहिए। अस्तु, अनुराग लेटा ही रहा। लेटे रहना भी तो एक किस्म का आराम होता है! लेकिन उसके लेटने में भी बाधा डाल दी, इस घर की दो बिल्लियों ने! बिल्ली देखते ही अनुराग को कभी-कभी सीमारेखा की याद आ जाती है। सीमारेखा बिल्लियों से बेतरह डरती थी। कुत्ते उसे बेहद स्वाभाविक लगते थे। यह जो इस वक्त वह इस कमरे में अकेला-अकेला लेटा हुआ है, उसी कमरे में दो-दो बिल्लियाँ भी घूम-फिर रही हैं, ऐसी हालत में उसकी जगह अगर सीमारेखा होती, तो चीख-चिल्लाकर पूरा घर सिर पर उठा लेती। चीख-पुकार मचाते मचाते, वह तो शायद बेहोश ही हो जाती।

बिल्लियों की वजह से अनुराग आराम नहीं कर पाया। वह उन्हें खदेड़कर भगा भी नहीं सकता था। इस घर की बिल्लियों को भगानेवाला, वह कौन होता है? इस घर में इन बिल्लियों का जिस हद तक अधिकार है, उसके मुकाबले, उसका तो बूँदभर भी अधिकर नहीं है। सिर्फ इसी घर में क्यों, पूरे माइजपाड़ा में! इस बांग्लादेश की पृष्ठभूमि में सिर्फ एक ही बात जरूरी है। हालाँकि उसका जनम इसी माइजपाड़ा गाँव में हुआ था। इसी बांग्लादेश भूखंड पर! लेकिन अब, देश में दाखिल होने के लिए उसके लिए पासपोर्ट जरूरी होता है।

यहाँ रहने के लिए वीसा चाहिए। अपनी ही जन्मभूमि ही, उससे कितनी दूर हो गई है। यहाँ उसके मुकाबले, इन दोनों बिल्लियों का दावा कहीं अधिक है। अपनी ही जन्मभूमि में वह विदेशी हो गया है। इन दोनों बिल्लियों का जन्म कहाँ हुआ है, उसे नहीं मालूम। खैर, उन दोनों का जनम भले कहीं और हुआ हो, लेकिन इस देश में उसकी तुलना में वे दोनों ज्यादा ग्रहण योग्य हैं। अपनी ही जन्मभूमि में, उसकी इज़्ज़त एक बिल्ली जितनी भी नहीं है। यह सोचते हुए, अनुराग दुबारा उदास हो आया। उसने वे कागज दुबारा उठा लिए और उन्हें फिर से पढ़ने लगा। सारी घटनाएँ इसी वर्ष घटी थीं। हर घटना के बयान पर सन् और दिन-तारीख लिखी हुई थी।

पहली खबर में यह बताया गया था कि बांग्लादेश को इस्लामी रिपब्लिक ऑफ बांग्लादेश बनाने के लिए और शरीयत कानून मुताबिक संविधान प्रणयन करने

के लिए, एक ऐसा दल कोशिश में जुटा है, जो शासन क्षमता में है। चूँकि वे लोग गठजोड़ सरकार में शामिल, दूसरे नंबर की पार्टी है, इसीलिए उनका प्रयास पूरी तरह सफल नहीं हुआ हैं। इसी दल के समर्थन से पुष्ट एक और इस्लामी दल का नाम है हरकतुल जिहाद, जिन्हें पिछले एक युग से भी ज्यादा वक्त से ओसामा बिन लादेन की तरह से सैकड़ों तरह की मदद मिलती रही है। वे लोग बांग्लादेशी तालेबान के नाम से परिचित हैं। पिछले साल जनवरी में कलकत्ता स्थित अमेरिकी सरकार के दफ्तर पर हमला बोलने की जिम्मेदारी, इसी हरकतुल जिहाद ने ली थी। जुम्मा के नमाज के बाद, ढाका के राजपथ पर, उन लोगों ने ओसामा बिन लादेन की तस्वीर के साथ जुलूस निकाला और उसे अपना नेता घोषित करते हुए, नारे भी लगाए। इसी हरकतुल जिहाद के सदस्यों द्वारा ही बांग्लादेश के विभिन्न अंचलों में हिंदू, बौद्ध, ईसाई धर्मावलंबी नागरिक, तरह-तरह के जोर-जुल्म, अत्याचार के शिकार हो रहे हैं। ढाका की एक मानवाधिकार संस्था ने तो यह रिपोर्ट दी है कि वे लोग हिंदू औरतों को भी बुर्का पहनने के लिए, उन पर जोर-जबर्दस्ती कर रहे हैं।

गाइबाँधा जिला के साघाटा थाना का भरतखाली काली मंदिर, इतिहास प्रसिद्ध है। स्थानीय जमात-ए-इस्लामी के नेताओं ने इस ऐतिहासिक मंदिर में प्रतिष्ठित, काली मूर्ति को तोड़-फोड़कर मिट्टी में मिला दिया। मंदिर के पुरोहित, दुलाल चक्रवर्ती और मंदिर कमेटी के सभापति को उन लोगों ने बेदम मारा-पीटा। हमलावरों का आक्षेप था कि शाम को नमाज के वक्त, मंदिर से आती हुई घंटे-घंटियों की आवाज, उनकी नमाज की पवित्रता को नष्ट करती है। बार-बार मना करने पर भी जब उस मंदिर में पूजा-पाठ बंद नहीं हुआ, तो उनलोगों ने वह मूर्ति तोड़ डालने का फैसला किया। इस घटना के बाद, स्थानीय हिंदू नागरिक अपने अस्तित्व पर खतरा महसूस कर रहे हैं।

गाइबाँधा की घटना के बाद ही बगुड़ा का एक मंदिर तोड़ने की खबर है। बगुड़ा के शेरपुर में स्थित शानदार जगन्नाथ मंदिर पर एक इस्लामी गिरोह के पंद्रह सदस्यों ने हमला बोल दिया और मंदिर में संचित नकद रुपये और दूसरे-दूसरे कीमती सामान लूट ले गए। स्थानीय शेरपुर थाने में, इस बारे में रपट लिखाई गई। इसके बावजूद पुलिस ने न तो चोरी गए सामान को बरामद करने की कोशिश की, न हमलावर गिरोह की गिरफ्तारी की ही कोई सरगर्मी दिखाई। थाना प्रशासन की तरफ से तो यह हिदायत दी गई कि हमलावरों के खिलाफ जिन लोगों ने मुकदमा दायर किया है, वे मुकदमा उठा लें और आपस में समझौता कर लें। इस समझौते में शायद पुलिस भी शामिल रहे। लेकिन मुकदमा पूरी तरह उठा लेना होगा।

अगली घटना, मयमन सिंह में त्रिशाल की है। 'त्रिशाल' नाम पढ़कर, अनुराग के दिल में बिजली सी कौंध गई। कवि नज़रुल इस्लाम त्रिशाल में ही तो जन्मे थे। असांप्रदायिक चेतना के मूर्त प्रतीक थे। नज़रुल इस्लाम का श्यामा संगीत वे मंत्रमुग्ध होकर सुनते हैं। 'कैसी उनकी वाणी, मर्म-मर्म में उतरी जाए'! नज़रुल इस बांग्लादेश के राष्ट्रीय कवि हैं। नज़रुल को ही आदर्श बनाकर, अगर इस देश की सांस्कृतिक धारा पूरी तरह प्रवाहित होती, तो बांग्लादेश में यह सब नहीं घटता। अनुराग जो पढ़ रहा था, वह सब तो घटना नहीं चाहिए था।

चरक उत्सव के मौके पर त्रिशाल में हिंदुओं ने चरक पूजा का आयोजन किया। इस्लामी कट्टरपंथियों के एक गिरोह ने उसमें बाधा डाली। उनके बाधक बनने से हिंदू लोग जरा पीछे तो हटे, लेकिन पूजा नहीं छोड़ी। कट्टरवादी दल एकदम से क्षुब्ध हो उठा। पूजा करके स्थानीय परिवेश को कलुषित किया जा रहा है, यह आक्षेप लगाकर, वहाँ मौजूद औरत-मर्दों पर वे लोग टूट पड़े। चरक उत्सव के मौके पर जो दुकानें और स्टॉल लगाए गए थे, उनलोगों ने वह सब चकनाचूर कर दिया। अपनी जान बचाने के लिए हिंदू औरत-मर्द-बच्चे इधर-उधर भागने लगे, भागते रहे। उन भागते हुए लोगों पर भी उन्होंने हमला किया। हिंदू लोग त्रिशाल थाने में रपट लिखाने गए। पुलिसवालों ने कोई रपट लिखने से इन्कार कर दिया।

मागुरा जिला के श्रीपुर थाने के अंतर्गत उत्तरपाड़ा की पचपन साला एक विधवा महिला की खबर पर अनुराग की निगाहें अटक गईं। कमला रानी नामक उस विधवा के पति, हरिपद प्रामानिक, उग्रवादियों के हाथ क़त्ल कर दिए गए। हरिपद प्रामानिक की अपनी निजी जमीन, घर-द्वार के अलावा स्थानीय बाज़ार में दवा की एक दुकान भी थी। स्थानीय यूनियन परिषद् के चेयरमेन, हारुन-अर-रशीद, हरिपद पर काफी अर्से से दबाव डाल रहा था कि सारी जमीन-जायदाद, वह उसके नाम लिख दे। लेकिन हरिपद राजी नहीं हुआ। इसलिए एक रात, बाजार से घर लौटते हुए रास्ते में रशीद के लोलुप गुंडों ने हरिपद का कत्ल कर दिया। कत्ल के बाद, उसकी लाश भी गायब कर दी। ख़ैर लाश भले नहीं मिली, लेकिन वह जो टॉर्च लाइट लेकर बाजार गया था, वह खून में भीगा हुआ, वारदात की जगह पर मिला। स्थानीय थाने में कमला रानी रपट लिखाने पहुँची, मगर थानेदार ने उसकी रपट दर्ज नहीं की। बल्कि उसे यह कहकर डपट दिया कि हरिपद प्रामानिक रात के अँधेरे में सरहद पार करके हिंदुस्तान चला गया। कमला रानी जब थाने से घर लौट रही थी, उसने

देखा बाजार में उसकी पति की दवा की दुकान, हारुन-अर-रशीद ने दखल कर ली है। उसने पूरे बाज़ार में यह खबर फैला दी है कि हरिपद पिछली रात भारत चला गया और जाते-जाते यह दुकान उसके नाम लिख गया। कमला रानी ने मारे शोक, कष्ट और दुःख से आँचल में छिपा लिया और घर लौट आई। इस वारदात के कई दिनों बाद ही हारुन-अर-रशीद उसके घर आ धमका। उस वक्त कमला रानी अपने पति का आसन्न श्राद्ध कैसे निपटाए, इसी सोच में डुबी हुई थी। हारुन-अर-रशीद ने अपनी जेब से एक स्टांप-पेपर निकाला और उससे दस्तखत करने को कहा। जब वह दस्तखत करने को राजी नहीं हुई, हारुन-अर-रशीद ने उसकी साड़ी खींचकर खोल डाली। उसे नंगी कर दिया। इसके बाद भी जब कमला रानी दस्तखत करने को राजी नहीं हुई, तो उस पर पाशविक अत्याचार बरसाने लगा।

कमला रानी के प्रति इस अमानवीय आचरण की खबर पढ़कर, अनुराग एकदम से बेजान हो आया। इससे आगे, ये खबरें उससे पढ़ी नहीं गईं। लेकिन पढ़ना न चाहकर भी, उसकी निगाह एक और खबर पर अटक गई।

चट्‌टग्राम के डाबल मूरिंग स्टेशन पर, काजल रानी देवनाथ नामक एक छत्तीससाला हिंदू औरत ट्रेन से उतरी। उसके साथ उसकी तेरह वर्षीया बेटी भी थी। काजल रानी का पति स्थानीय किसी व्यापारिक प्रतिष्ठान में हिसाब-किताब का काम करता था। उसी प्रतिष्ठान में, राजा मियाँ भी नौकरी करता था। उसने कंपनी के रुपयों में काफी हेरा-फेरी की थी। काजल रानी के पति ने उसकी चोरी पकड़ ली और यह खबर अपने मालिक को भी दे दी। कंपनी के कई लाख रुपये गबन करनेवाले राजा मियाँ को नौकरी से निकाल दिया गया। नौकरी से हाथ धोने के लिए, अपनी बेईमानी को दोष न देकर, उसने काजल रानी के पति को इसके लिए जिम्मेदार मान लिया और उसी दिन से वह उसके खिलाफ भड़का हुआ था। डाबल मूरिंग स्टेशन पर उतरकर, कमला रानी जब अपने घर जाने के लिए रिक्शा खोज रही थी, तब एक प्राइवेट कार ने पीछे से आकर ब्रेक कसी। काजल रानी राजा मियाँ को पहले से ही पहचानती थी। बंद गाड़ी के काले काँच के अंदर राजा मियाँ बैठा हुआ था। उसने झट से दरवाजा खोलकर माँ-बेटी को गाड़ी के अंदर खींच लिया। एक प्रत्यक्षदर्शी रिक्शेवाले का बयान सुनकर, काजल रानी का पति, किशोर देवनाथ लगभग पागल हो गया। अपने व्यापारिक प्रतिष्ठान के मालिक, अब्दुल वहाब की मदद से किशोर को अपनी बीवी-बच्ची का हाल-समाचार, लगभग महीने भर बाद मिला। पुलिस ने राजा मियाँ को गिरफ्तार कर लिया। रिमांड में लिए जाने के बाद राजा मियाँ ने क़बूल किया कि उसने काजल रानी देवनाथ और उसकी तेरह वर्षीया

बेटी को किसी दलाल के हाथ लाख रुपये में बेच दिया।

इस तरह की अनगिनत केस-स्टडी से पन्ने भरे हुए! हर खबर के साथ, उसके सूत्र का भी उल्लेख किया गया था। उन पन्नों पर स्थान, काल, समय, यहाँ तक कि व्यक्ति का नाम, पता-ठिकाने तक का उल्लेख था। अनुराग को कहीं से भी यह नहीं लगा कि इन खबरों की सच्चाई के बारे में कोई संशय हो सकता है। लेकिन एक संप्रदाय पर इस तरह का जोर-जुल्म, अत्याचार बरसाया जा रहा है, उसकी रोक-थाम के लिए इस देश का प्रशासन, इस देश की सरकार क्या कर रही है? या सरकार की मदद से ही यह सब हो रहा है? अनुराग को ठीक-ठीक समझ में नहीं आया। इस बारे में वह किसी से बातचीत कर सके, ऐसा कोई बंदा इस वक्त उसके आस-पास नहीं था। ये बातें अगर कल पता चल जातीं, तो वह नूरूल हुसेन से पूछ लेता। अनुराग का मन क्षत-विक्षत हो आया। वह इस माइजपाड़ा, इस बांग्लादेश के परिदर्शन के लिए नहीं आया था। ऐसी कुछेक घटनाएँ, उसने अखबारों में पढ़ी जरूर थीं, लेकिन वह तस्वीर इतनी भयावह है, उसे नहीं मालूम था।

चौदह

अनुराग अब अंजलि राय के घर से विदा लेना चाहता था। अंजलि राय से उसकी अचानक भेंट हो गई थी। आज सुबह अगर उनसे मुलाकात न हुई होती तो वह ढाका लौट जाता। यह एक दिन, उसका माइजपाड़ा रहना नहीं होता। माइजपाड़ा की हवा में साँस लेना नहीं हो पाता। माइजपाड़ा का आसमान भी जी भरकर देखना नहीं हो पाता। इसके लिए वह अंजलि राय का बेहद अहसानमंद था। अपनी तरफ से अंजलि राय का आभार प्रकट करते हुए, अनुराग ने विदा ली।

त्रिनाथ मंदिर पीछे छोड़कर, वह माइजपाड़ा बाजार आ पहुँचा! इस बाजार में उसे कुछ भी जाना-पहचाना नहीं लगा। बाजार की दोनों तरफ दुकानों की कतारें हुआ करती थीं, उसमें से अब एक भी दुकान का अता-पता नहीं था। अब वहाँ जो थोड़ी-बहुत दुकानें मौजूद थीं, उनमें से एक भी पहलेवाली नहीं थीं। अब इन दुकानों के कमरे नए सिरे से, नई सजावट में, नई डिजाइन के कमरे तैयार किए गए थे। लगभग हर कमरे में सिर पर पंखा घूम रहा था। किसी-किसी कमरे में बल्ब जगमगा रहे थे। चूंकि अभी शाम नहीं हुई थी, इसलिए सभी कमरों के बल्ब अभी नहीं जल रहे थे। बाजार में भी उसे किसी ने नहीं पहचाना। वह दाहिने, बाएँ, सामने के नजारे देखते हुए, आगे बढ़ता गया।

अचानक दाहिनी तरफ की किसी दुकान से किसी ने उसे आवाज देकर पूछा, 'काका, चल दिए?'

'हाँ, लेकिन आपको तो मैंने नहीं पहचाना...?'

'जी, मेरा नाम हरिपाइन है।' उस आदमी ने जवाब दिया।

'आपका घर कौन-सा है?'

'प्राणी मंडल पाइनवाला घर...'

'आपके पिता का क्या नाम है?'

हरिपाइन ने अपने पिता का नाम बताया! अनुराग झट पहचान गया। अगला सवाल करने के लिए उसे अंदर से जोर नहीं लगाना पड़ा।

'आपके पिता अब कैसे हैं?'

'पिता जी तो अब नहीं रहे–'

'अच्छा? आपके पिता तो हमसे छोटे थे। यह दुकान शायद आप लोगों ने ही शुरू की है...?'

'जी, काका! आइए, बैठिए, चाय पीजिए।'

'नहीं, चाय नहीं पीयूँगा।'

'अच्छा, बैठिए तो सही।'

अनुराग दुकान के सामने पड़ी बेंच पर बैठ गया। वैसे वहाँ बैठने में उसे कोई दिलचस्पी नहीं थी। लेकिन उस लड़के ने ऐसे ढंग से आग्रह किया कि बैठे बिना और कोई उपाय नहीं था। हरिपाइन ने एक कोल्ड-ड्रिंक खोलकर, उसकी तरफ बढ़ा दिया।

अनुराग ने जरा सकुचाते हुए कहा, 'लेकिन मैंने तो यह माँगा नहीं था।'

हरिपाइन ने कोई जवाब नहीं दिया, बस, हल्के-से मुस्करा दिया।

'प्राणी मंडल में अब आप लोगों के कितने घर हैं?'

'हमारे अलावा और कोई नहीं है।'

'दिल्ली में कन्हाई बैनर्जी से भेंट हो जाती है। अब वह ट्रेड यूनियन का बहुत बड़ा नेता है। आप ही लोगों के गाँव में उसका घर था।'

'कई साल पहले वे एक बार आए थे। दिन भर रुके रहे। यह रहा उनका कार्ड!'

अनुराग ने कन्हाई-बैनर्जी का नाम-कार्ड अपने हाथ में लेकर देखा। नाम के नीचे 'सेक्रेटरी' लिखा हुआ था। सेंट्रल इंडियन ट्रेड यूनियन! उसने कार्ड हरिपाइन को लौटा दिया। इसके बाद, हरिपाइन ने और एक कार्ड अनुराग की तरफ बढ़ा दिया।

'यह हमारी दुकान का कार्ड है।'

'आपकी दुकान में तो फोन भी नजर आ रहा है।'

'इस गाँव और आस-पास के गाँव के ढेरों लोग विदेशों में रहते हैं। वे लोग फोन करते हैं। उनके भी फोन आते हैं।'

'आपके यहाँ से कहाँ-कहाँ फोन किया जा सकता है?'

'दुनिया में सब जगह...कहीं भी फोन किया जा सकता है।'

'स्विट्जरलैंड, इंडोनेशिया भी फोन कर सकते हैं?'

'हाँ, कर सकते हैं!'

'कितना खर्च आता है?'

'स्विट्जरलैंड–पैंतीस रुपए मिनट और इंडोनेशिया...' उसने चार्ट देखकर कहा, 'पचास रुपए–'

अनुराग ने अपने मनीबैग से छोटा-सा टेलीफोन-इंडेक्स निकाला और इंडोनेशिया,

अपने बेटे से बात कराने को कहा। हरिपाइन ने बताया कि फोन करने के लिए उसे दुकान के पिछवाड़े आना होगा। टेलीफोन, दुकान के पिछवाड़े, एक छोटे-से कमरे में फिट कर दिया गया था। अनुराग उठकर पीछे की तरफ चला आया। वह ठीक-ठीक घर नहीं था, बरामदा था! उसे अपने बेटे का नंबर भी आसानी से मिल गया। लेकिन, बेटा घर पर नहीं मिला। वह सपरिवार बाली द्वीप सैर-तफरीह के लिए गया हुआ था। घर के सिक्योरिटी ने यही सूचना दी। इसके बाद उसने स्विट्ज़रलैंड, बेटी का नंबर मिलाने को कहा। बेटी से बात करते हुए, वह मारे आवेग के काँपने लगा। वह माइजपाड़ा से बात कर रहा है।

यह बताते ही बेटी ने दरयाफ़्त किया, 'तुम्हारे घर के लोग तो सब ठीकठाक हैं न? देखकर कैसा लगा? तुम टूटे मठ के किस्से, हमें अक्सर सुनाया करते थे।'

अनुराग की आवाज भर्रा आई। उसने जी-जान से स्वाभाविक रहने की कोशिश की। उसने स्वाभाविक लहजे में जवाब दिया, 'हाँ वह टूटा मठ अभी मौजूद है। मैंने उसे छू-छू कर देखा–' इससे ज्यादा वह कुछ नहीं बोल पाया। इससे आगे, कुछ बताना भी मुश्किल था।

इंडोनेशिया के लिए एक मिनट का बिल आया–पचास रुपए और स्विट्ज़रलैंड बेटी से तीन मिनट बयालिस सेकंड बात की! फोन का बिल चुकाकर, अनुराग बाहर निकल आया। उसे यह सपना लग रहा था। उसने माइजपाड़ा से सीधे जेनेवा बात की, यह सपना नहीं, तो और क्या है? उसके बचपन में माइजपाड़ा के लिए यह सपने से भी परे था। हरिपाइन को धन्यवाद देकर, वह चल पड़ा। बरगद तले, पोस्ट ऑफिस के करीब दो रिक्शे खड़े थे। वह एक रिक्शे पर सवार हो गया।

रिक्शा आगे की तरफ बढ़ चला। दाहिनी तरफ उसके बचपन का खेल का मैदान! इस अंचल का यह सबसे बड़ा मैदान था। लेकिन अनुराग को लगा, अब वह मैदान काफी छोटा हो गया है। मैदान की पश्चिमी तरफ भुंइमाली का घर! दक्षिण तरफ, कर्मकार लोगों का घर! उत्तर की तरफ माइजपाड़ा बाजार और पूर्व दिशा में उन लोगों का घर! टूटे मठवाला घर! सच तो यह है कि यह मठ कभी पूरा ही नहीं किया गया। जिन सज्जन ने इस मठ का निर्माण शुरू कराया था, वही मधु मुखर्जी, मठ का काम पूरा होने से पहले ही स्वर्ग सिधार गए। इसके बाद, कई-कई सालों तक वह मठ अधबना पड़ा रहा। अनुराग ने अपने बचपन में कई-कई किस्से सुने थे। एक किस्सा तो उसे आज भी याद है। जो सज्जन इस मठ के प्रतिष्ठाता थे,

मठ का काम पूरा हो जाने के बाद, उन्होंने बहुत बड़े समारोह का आयोजन किया और भरी सभा में घोषणा की कि यह मठ निर्माण करके उन्होंने अपनी माँ के दूध का कर्ज अदा किया है। यह कहते-कहते ही, मठ का गुंबद टूटकर जमीन पर आ गिरा। बहरहाल यह महज किंवदंती है, यह बात अनुराग से बेहतर और भला कौन जानता है? सन् छियालिस में अनुराग के बापू ने इस मठ का दुबारा निर्माण कराने की कोशिश की। राज-मिस्त्रियों ने कुछ दिनों काम भी किया। लेकिन उन्हीं दिनों नोवाखाली में हिंदू-मुसलमान का दंगा शुरू हो गया, तब देश की हालत का ख्याल करके, बापू ने मठ-निर्माण का फैसला स्थगित कर दिया। जब देश का बँटवारा हो गया, अनुराग के बापू देश छोड़कर चले गए। वे अगर यहाँ, माइजपाड़ावाले घर में रहे होते, तो मठ का गुंबद भी बन गया होता। वैसे अनुराग के लिए यह सिर्फ टूटा मठ नहीं है। यह मठ उसकी नज़र में देश-विभाजन का प्रतीक है। जिन्होंने इस मठ के गुंबद के निर्माण का व्रत लिया था, वे देश-त्याग करके चले गए। वे पश्चिम बंगाल, कलकत्ता जा बसे। और यह मठ आधा-अधूरा ही, पूर्वी बंगाल में रह गया। बंगाल को द्विखंडित करने का प्रतीक भर बनकर यह खंडित मठ, आज भी खड़ा है। यह ख्याल अनुराग को अचानक नहीं आया। काफी सोच-समझकर उसने इस प्रतीक का आविष्कार किया है। उसने इस मठ को अविभक्त बंगाल का प्रतीक मान लिया है। जिन्होंने इस मठ के गुंबद के निर्माण का बीड़ा उठाया, देश-विभाजन मानो उन्हें खदेड़कर पश्चिम बंगाल ले गया। यानी जिन्होंने मठ के गुंबद का निर्माण करना चाहा, वे जन्मभूमि ही छोड़कर चले गए। पूर्वी बंगाल ही त्यागकर चले गए, जो आज बांग्लादेश बन चुका है। मठ का आधा हिस्सा पूर्व बंग, बांग्लादेश में ही रह गया। अनुराग को नहीं मालूम कि देश-विभाजन का इससे कोई बेहतर ज्वलंत उदाहरण हो सकता है भला? उस मठ को उसने समग्र भारत के रूप में भी कल्पना करके देखा है। नतीजा जो निकला, वह है खंडित भारत का प्रतीक वह मठ! उनके घर का वह खंडित मठ! आधा बांग्लादेश में और आधा भारत में! उसने इस विषय को और गहराई से सोचा है। और साफ-साफ सोचा है! इस पूरे मठ को अगर भारतवर्ष मान लिया जाए, तो भारतवर्ष का खंडित अंश, आज का बांग्लादेश है! यह टूटा मठ! यह टूटा मठ देश-विभाजन का ज्वलंत प्रतीक बनकर खड़ा है!

अनुराग का रिक्शा जब टूटे मठ के करीब से होकर गुजर रहा था, अनुराग का मन हुआ, वह एक बार उतरकर अपना घर देखता चले। लेकिन अगले ही पल उसने अपना फैसला बदल दिया। ना, वह दुबारा बेइज्जत नहीं होना चाहता। जो खो गया, उसकी तरफ मुड़कर न देखना ही बेहतर है! मुड़कर देखना, कितना अपमानजनक है, वह आज सुबह ही देख चुका है।

अस्तु, अपने देश-भुंइ...अपनी जन्मभूमि तक आकर भी वह अपने घर का दर्शन नहीं कर पाया। वह ढाका लौट आया। वहाँ से दिल्ली! उसके सफर का यह नतीजा होगा, अगर उसे पहले ही पता होता, तो वह माइजपाड़ा आने का फैसला, शुरू में ही रद्द कर देता। लेकिन अगर उसने अपना फैसला रद्द कर दिया होता, तो इतनी तकलीफ वह भला कहाँ से पाता! अपनी जन्मभूमि न देख पाने की तकलीफ!

ढाका-दिल्ली
मार्च-सितंबर, 2003

●●●

सलाम आज़ाद

जन्म : 10 जुलाई, 1964 को बांग्लादेश के विक्रमपुर जिले में दामला गाँव में हुआ।

शिक्षा : सर जे.सी. बोस इंस्टीट्यूशन के मेधावी छात्र रहे। बाद में गाइबाँधा गवर्नमेंट कॉलेज और ढाका विश्वविद्यालय में पढ़ाई-लिखाई की।

प्रकाशित कृतियाँ : विज्ञानी जगदीश चंद्र बसु : जीवन ओ गवेषण, रवीन्द्रनाथ जे भावे लिखतेन, जेमन करे लिखतेन, पत्रावली, युद्ध शिशु, जगदीश चंद्र बसु, देशत्याग : साम्प्रतिक भावना, महापुरुष विशुद्धानंद महाथेरो, रवीन्द्रनाथ के लेखा जगदीश चंद्र बसु, पत्रावली, श्वेतपत्र, प्रफुल्लचन्द्र राय, रवीन्द्र नाथेर नाइटहुड प्रत्याख्यानेर दलील/अन्यान्य प्रसंग, आँधी, विश्वकविर सोनार बांग्ला, पतिसरे रवीन्द्रनाथ, शान्तिवाहिनी ओ शान्ति चुक्ति, पार्वत्य चट्टग्राम प्रसंग, चुक्ति उत्तर पार्वत्य चट्टग्राम, नजरूल स्मारक ग्रंथ, जीवनानंद दास स्मारक ग्रंथ, जगदीश चंद्र बसु स्मारक ग्रंथ।

सलाम आज़ाद बांग्ला अकादमी के आजीवन सदस्य हैं।

सम्प्रति : इलेक्ट्रानिक मीडिया से सम्बद्ध।